異世界に射出された俺、『大地の力』で快適森暮らし

始め

2

著 らもえ

ダケ

ISEKAI NI SHASHUTSU SARETA

ORE, DAICHI NO CHIKARA DE

KAITEKI MORI GURASHI

HAJIMEMASU!

主な登場人物
MAIN CHARACTER
ノーナ
人なつっこい家妖精。アホ毛で感情表現することがある。
ティファ
耕平に付き従うホムンクルス。あまり感情を表に出さない。
杉《すぎ》浦《うら》耕《こう》平《へい》
唐突に異世界に飛ばされた平凡な高校生。お地蔵様から授かった『大地の力』で、様々な物を創りながら森暮らしをする。
ミーシャ
双剣を操る、獣人の美少女冒険者。森で耕平と出会い、行動をともにする。

ケイオスグリフォン
邪悪な力に支配されたグリフォン。風を巧みに操り、耕平たちを襲う。
ケイオスライカン
耕平たちの前に立ちはだかる邪神の眷属の一人。強靭な肉体を持つ。
アルカ
神樹の森で巫女を務めるエルフ。
クーデリア
『大地の力』の使用者を探しているドワーフの少女。

第一話　神獣様の来訪

朝日が昇り、森に一日の始まりを告げる中、俺——杉浦耕平《すぎうらこうへい》は木のベッドに横たわり、もぞもぞと身じろぎをしていた。

「ん〜、もう朝か」

カーテンを閉め切られた部屋に、一筋《ひとすじ》の光が差し込んでいる。

掛け布団の上ではスライムのルンが窓からの光を反射して、キラキラと薄い金色に輝いていた。

俺がこの世界に飛ばされて、一カ月と少し。この森での暮らしにもだいぶ慣れてきた。

「色々あってバタバタしていたからなぁ……」

目を擦《こす》りながら、俺が身を起こすと、布団の上にいたルンがコロコロと転がって床に落ちた。

ルンは抗議のつもりか、体を伸び縮みさせている。

「ははっ。おはよう、ルン」

俺はルンに挨拶してからゴソゴソと朝風呂の用意を始め、今までのことを振り返る。

ある日俺は、路上で突如、神を自称する少年に異世界にぶっ飛ばされ、そのまま森で遭難《そうなん》。土や木を自在に操れる『大地《だいち》の力《ちから》』をお地蔵様からもらったおかげで、なんとか衣食住を確保できたが、最初のころは大変だった。

小屋のすぐそばで倒れていたミーシャという獣人の女冒険者を助けて、行動をともにするようになったのも、それからわりとすぐだったな。

俺は入浴用の道具一式と石鹸《せっけん》代わりのソープナッツを持って外に出た。いつの間にか俺の頭の上にはルンが乗っかっていた。

玄関の扉を開けると、森の爽《さわ》やかな空気が入ってくる。

「今日もいい天気だな」

この世界での季節はちょうど夏に移り変わったところだ。

俺は脱衣所で衣服を脱いで、かけ湯をした。それから体の汗をソープナッツの泡でサッと落とす。

「ほら、ルンも」

俺の足元に移動してきたルンにもかけ湯をして、泡で包んだ。

わしゃわしゃと擦《こす》っている間もルンは落ち着きなく動き回っていた。

「よしよし。ほれ！」

何やら遊んでほしそうにしているルンを見て、俺は両脇からキュッと挟んだ。

力強く押し込まれたことで、その間からにゅるんとルンが滑り出し、両手の間から飛び出す。

そしてルンがまた俺の足元まで跳ねながら戻ってくる。

どうやらこの遊びがお気に召したらしい。

俺は同じようにまたルンを掴《つか》んで遠くに飛ばしてやった。

しばらくルンの遊びに付き合った後、俺たちは湯に浸《つ》かった。

「――ふぅ」

このルンが仲間に加わったのは、ミーシャと町に出てからだ。

『大地の力』で偶然ゴーレムのアインができてしまった後、俺はミーシャとアインとともに町へ向かった。

そこにあったダンジョンを探索した際に、スライムたちに『大地の力』を流していたらいつの間にかテイムされた扱いになっていたのがルンだった。

それ以外にも、小屋に戻ってきたらなぜかその場にいた家妖精《いえようせい》のノーナも俺の仲間になってくれた。幼女の見た目をしていて、裸《はだか》で遭遇《そうぐう》した時はかなり驚いたな。

「ふふっ」

湯船のお湯を首筋《くびすじ》にかけながら、当時のことを思い出して俺は苦笑いした。ルンはプカプカと浮かびながら湯船を漂《ただよ》う。

そういえば、森に戻ってから決闘《けっとう》にも巻き込まれたな。

知らない間にミーシャを第二夫人にする話が進んでいた貴族のオルガに目の敵《かたき》にされて、いきなり申し込まれたんだ。元の世界だったらあり得ない出来事だよな。

「……ルン、そろそろ上がろうか」

俺はルンを抱えながら風呂を出て、タオルで体を拭《ふ》いた。

そしてルンも同じように拭いてから、ミーシャに教えてもらった生活魔法《せいかつまほう》の送風《そうふう》を使って髪を乾かした。

「朝飯食ったら魔術の練習をしようと思う。ルンは散歩か？」

俺がそう言うと、ルンは伸び縮みで意思表示した。

……どうやら正解だったようだ。

小屋に戻り、朝食を居間に用意していると、皆が起きてきた。

「コウヘイ、おはよう」

ミーシャが真っ先に元気よく挨拶する。

「あう〜」

眠たげなノーナに続き、ダンジョンを探索した時に出会った冒険者三人組のマロン、リィナ、エミリーもぞろぞろと居間にやってきた。

「おはようぅございますぅ」

「ですー」

「あんちゃん！　おはようなんだぜ！」

マロン、リィナ、エミリーは、元々三人だけで行動していたが、オルガとの決闘の後、すっかり俺の家を気に入って一緒に生活するようになっていた。

「ああ、皆おはよう。顔洗ってきちゃえよ。朝食は準備できてるぜ」

ノーナを見ると、よだれの跡がひどく、ヘニョヘニョとアホ毛もしなびている。

マロンも下ろした髪がボサボサだ。

全員が身支度《みじたく》を整えて席につくと、俺たちは朝ご飯を食べ始めるのだった。

◆　◆　◆

まだ朝の寒さが残る森の中を、吾輩《わがはい》は跳《は》ねながら移動する。

今は日課の散歩中だ。

吾輩は吾輩だ。名前は、ある。

吾輩が生まれたのは薄暗くてジメジメしたところだった。

人の世ではダンジョンと呼ばれているらしい。


当時の吾輩には今ほど物事を深く考える知性はなかったし、自分たちがダンジョンと呼ばれるところに住んでいるなんてことも知らなかった。

まぁ、生まれたばかりだったというのが理由だが。

周りには自分と同じ種族の同胞《どうほう》がいたが、互いに意思疎通《いしそつう》することもなく、ただただそこにあるだけであった。壁からにじみ出る水をすすり、そこらに生えている苔《こけ》を食す。

恵まれている現在の環境からすれば、考えられない食事だ。

今の吾輩は、主《あるじ》からたまに注がれる温かい力と、主たちの食事を分けてもらって生活している。

分け与えられる食べ物は、元いた洞窟《どうくつ》での食事とはいえない栄養補給《えいようほきゅう》とは、味はもちろん食感なども段違いだ。

それから、あの主から注がれる不思議な温かい力。

薄暗い洞窟にやって来た平凡《へいぼん》な少年と遭遇したことで、吾輩はこの素晴らしい力を知った。一緒にいたのは、少年のツガイらしき動物の耳を生やした少女、それから岩の人形だった。

当時三人の姿を薄ぼんやりと眺めながら、吾輩は苔を食《は》んでいた。

すると少年が、突然吾輩の仲間たちを次々に掴《つか》み始めたのだ。

最初は何をしているのかまったく理解できなかったが、動物の耳の少女が苦笑しながらその様子を見ていたのを覚えている。

そのままじっとしていると吾輩の番が来た。いったい何をしようというのか……

少年が吾輩を持ち上げると、彼の手から何やら温かいものが流れ込んできた。

おお！　これは……これは心地よい。

経験したことのない感覚を楽しんでいると、少年は吾輩を放り出して、また同胞たちをとっかえ引っかえ持ち抱えた。

……むぅ。もう終わってしまった。

捨てられるように放り投げられた吾輩の周りには、少年が力を注ぎ終えた同胞たちが固まっていた。

……再び少年たちがいた方を見ると、そこに彼らの姿はなかった。

もう行ってしまったのか……

残念な気持ちになりながら、吾輩はあの温かい力を思い出す。

なんだか心にぽっかりと穴が開いてしまったみたいな気分だった。

吾輩は仲間とともにお互いを慰《なぐさ》めるように体を寄せ合った。

しばらくして――

ポコンッ……ポコン、ポコンッポコンッ。

しんと静まり返った洞窟に、泡が弾けるような音が鳴り響く。

吾輩と同胞たちが音とともに一塊《ひとかたまり》になって融合《ゆうごう》していた。

こうして吾輩は誕生したのだ。

十数匹はいた吾輩たちが一つの体へと吸収されると、体の中心の魔石がキラリと輝き出し、熱を持ち始めた。

おお、これは先ほど味わったあの温かい力ではないか。

ブルリと身震《みぶる》いすると、視界が色を持つように変化していく。

世界のなんと美しいことか！

洞窟《どうくつ》の壁に生えた苔が、にじみ出た水を受けてキラキラと輝いて見える。

匂《にお》いも分かるようになり、触覚も鋭敏《えいびん》に変化した。空間を感知する力が強くなったようだ。

ジメジメとした湿度《しつど》が体にまとわりつく感触を覚える。

空腹を感じてすぐに苔を食んでみたが、ずいぶんと味気《あじけ》なかった。

思考がクリアになり、知性も強化されたた吾輩は、これから先のことを考えた。

まずはとにかくあの少年――もとい我が主のもとへ行くべきだろう。

今の吾輩ならきっと主の役に立てると思うのだ。

それからまだかすかに残っていた主の匂いを嗅《か》ぎ分《わ》け、吾輩は自らダンジョンを出た。


吾輩の名はルン。

ゴールデンアーススライムとかいうスライムだ。そして我が主の第二の従魔《じゅうま》である。主との出会いを振り返りながら、吾輩は気分良く森の中を進む。

ふとそこで何やらいつもと様子が違うことに気づいた。

……動物の気配だ。

本来なら小屋の周りには動物の類《たぐい》は近づいてこないはずだ。

主のおかげか、動物や魔物を寄せつけない不思議な力が小屋の周りには張り巡らされているのだ。

だが、気配の方へ進むにつれて、ハッハッと動物の荒《あら》い息遣《いきづか》いが聞こえてくる。

主や小屋が危険にさらされる前にしとめてやろうか。

そう思った吾輩は、音もなくスルスルと木を登って様子を窺《うかが》う。

背の高い草がなぎ倒されてできた空間を吾輩が覗《のぞ》き込《こ》むと、そこには巨大な——

◆　◆　◆

俺、耕平は朝食をとったあと、前に町で買った本を指南書《しなんしょ》にして魔術の練習をしていた。

魔術は、ミーシャたちが使う詠唱が必要な魔法とはまた別の技術だ。

読み進めていくうちに、どうやら魔術というものは、変化魔術《へんかまじゅつ》と無変化魔術《むへんかまじゅつ》の二種類に分類されることが分かった。

ミーシャから聞いた魔法の話とはずいぶん違っている。

彼女が言うには、魔法を使うには詠唱が必要という話だった。実際、ミーシャを狙う次期男爵《だんしゃく》のオルガと決闘した時も、彼は詠唱していた。

だが、本を読むと魔術は無詠唱ということが分かった。

無詠唱が廃れた理由は定かではないが、詠唱のように単純に文言を覚えるだけというわけにはいかず、そのやり方があまりに感覚的なものなので、継承しにくかったからではないか。

まぁ、想像の域を出ないので、確かなことは言えないが……

いまだに不思議な点は多いが、まずは俺も魔術を使えるようにならないとな。

本には無属性魔術の練習法も書かれていた。

障壁《しょうへき》を作ることで鍛《きた》えられるようだ。

最初は手のひらサイズで、強度も殴れば割れてしまうようなものから始めて、回数をこなしていくうちに、段々と大きく強くしていくのだ。

目に見えて成長が分かるので、俺は楽しくなってずっとやってしまった。

今では自分の体を覆うくらいの大きさのものや、アインが殴っても割れない強度のものを作れる段階まできた。

障壁の魔術が一段落ついたところで、無属性魔術の一つである時空間魔術《じくうかんまじゅつ》にも手を出してみた。

とはいっても、物を浮かせたり、遠くにある物を手元に持ってきたりするレベルだ。

上手くなれば亜空間を作ったり、転移をしたりということも可能になるかもしれない。

少し——いや、かなり楽しみだ。

その後も森の広場の端で俺が魔術の習得に精を出していると、ルンが何やら慌《あわ》てた様子でやって来た。

「おいおい、ルンよ。そんなに慌ててどうした？　夕食まではまだ時間があるぞ？」

ルンを落ち着かせようと宥《なだ》めるが、一向に収まる気配がない。

ミョンミョンミョンと、何かを伝えたそうにその場で跳ね続けている。

何やらいつもとは違う様子だ。

ルンは俺の足に体当たりしてから、体の一部を伸ばして森の奥を指し示す。

「なんだなんだ⁉　ついて来いってことか？」

急《せ》かすように先導するルンの後ろを、俺は遅れないようについていった。

歩くのに邪魔な木々が、大地の力の効果で自動的にスルスルと俺を避けていく。

……結構歩いたな。普段からルンはこんな遠くまで遊びに来ているのか？

開けた場所に到着したところで、目の前に巨大な白い獣が現れた。

傷だらけのその獣は、息も絶え絶えで横たわっていた。

ところどころ毛皮が黒ずんでいる。

「こいつぁ大変だ！」

ルンが慌てていた理由を理解した俺は、急いで白い獣が横たわる地面をベルトコンベア状に動かして拠点《きょてん》へと運び込む。

前にミーシャを介抱《かいほう》した時と同じ手法だ。

拠点に着くと、巨大な白い獣を小屋の前に寝かせて、俺は治療用の薬や道具を取りに行った。

カチャカチャと手当たり次第にポーションの瓶《びん》を持つと、すぐに小屋の前へ戻った。そして持っていたポーションを白い獣にかけていく。その中には、以前ルンに作ってもらった濃縮《のうしゅく》ポーションもあったみたいだ。

ハッハッとそれまで苦しそうだった白い獣の呼吸が、寝息のような落ち着いたものへと変わった。

良かった。とりあえず峠《とうげ》は越えたらしい。

白い獣の様子を見て安堵《あんど》した俺は、一度小屋に入って魔術で鍋に湯を張った。

鍋を持って再び小屋の前へ戻る。

「傷も治ったことだし、綺麗《きれい》にしてやらないとな」

俺はそう言って、濡《ぬ》らした手ぬぐいで白い獣の体を拭いてやった。

「この黒いの、なかなか落ちねえな。血か？」

だが、白い獣についた汚れは残ったままだ。

俺は少しでも治りが良くなるようにと、白い獣に大地の力を流した。

ポワンッと手を当てた付近に謎の発光現象が起こると、黒い汚れのようなものがポロポロと落ちていく。

「おっ？　なんか綺麗になったな」

俺が撫《な》でたところだけ元通りの白い毛並みへと変わっていた。

そのまま手の届く範囲は俺が撫で回して、おおむね汚れを落としたのだった。

「しかしこの白い獣、でけえなぁ」

俺は巨体の獣を見やる。

軽トラックくらいあるぞ？　以前に戦った四腕熊《よんわんぐま》並みの大きさだ。

ふとそこで、俺はまだ鑑定《かんてい》を済ませていないことを思い出した。

まずはこの獣の正体を知らなければ。

鑑定っと。

名前：神樹《しんじゅ》の森《もり》の神獣《しんじゅう》
説明：軽い魔力酔い。

おおう!?　神獣とな？　それから神樹の森って一体どこだ？

症状は軽い魔力酔いって出ているけど……この様子なら大丈夫そうだし、しばらく様子を見るか。

白い獣は小屋の前で二日ほど寝たままだった。

特に異常はなかったが……入り口に陣取って寝ていたこともあって、少しだけ邪魔だった。

数日後、俺が起きて小屋のドアを開けると、白い獣が伏せをして待っていた。

「お？　もう良くなったのか？」

「ウォフ！」

白い獣が元気に吠《ほ》える。

どうやら俺の質問に答えたようだ。神獣ってくらいだから、頭はいいのかもな。

「これから朝風呂に入るところなんだ。お前もひとっ風呂どうだ？」

「ウォフ？」

「って言っても分からないか……ついて来いよ、こっちだ」

俺はお風呂セットと着替えを準備してから、白い獣を案内して温泉へと向かった。

「まず洗ってやって、と」

白い巨体にお湯をかけてから、ソープナッツで泡立てた泡で洗っていく。

体がでかいから結構な重労働だ。

一通り洗い終えてから、ザバァとお湯をかけてやる。

「よし、そしたらこっちの湯船に浸かるんだ。ゆっくりな」

俺の誘導に続いて、白い獣が湯船に体を沈めると、勢いよく湯が溢《あふ》れかえった。

俺は苦笑しながらその様子を見つつ、サッと自分の体を洗ってから湯船の端に浸かる。

「ヴォオ……フ」

「ははっ。声出ちゃうよなぁ」

笑いながら一緒に湯船に浸かる姿を眺めると、神獣は目を細めていた。

こいつよく見ると秋田犬っぽいんだよな。神獣だけど。

巨大な秋田犬の見た目をした神獣は、全快してからも俺の家の周りに居着くようになった。

傷を治してやったお礼なのか、よく獲物を取ってきてくれる。

ここ数日はミーシャが狩りに出かけなくても足りるくらいだ。

神獣は突進猪《とっしんいのしし》や森林鹿《しんりんじか》などの大物を捕まえては、俺たちの小屋の前へと持ってきていた。

せっかくの肉を余らせて悪くさせないように、俺もせっせと燻製《くんせい》にする日々を続けている。

神獣は、今日も狩りに出ているようだ。

この前見た時は、俺がついていくこともなく、一匹で風呂に入っている姿も見かけた。

どうやらこの神獣は魔術が使えるようで、風を起こして毛皮を乾かしているのも見たことがある。

器用なものだ。

そんな風に神獣のことを考えていたら、玄関をノックする音とともに鈴の鳴るような女性の声が聞こえた。

「もし。すみませんが」

「はいはい。どなたです？」

俺が戸を開けると、そこにはエルフの少女が立っていた。

弓矢を背負い、荷物入れのナップサックを肩にかけた彼女が口を開く。

「私は神樹の森からやって来ました、アルカ・シェルウッドと申します。この近くで白い獣を見かけなかったでしょうか？」

彼女の装備はよく見るとボロボロで、体も神獣と同じようにところどころ黒ずんでいた。しかし銀色の髪は手入れが行き届いているのか、きらきらと輝いているようだった。長さは腰に届くほどで、後ろで一本にまとめられている。

スラリと細身のボディラインで、赤い宝石のような瞳、小さく花の蕾《つぼみ》のような口元が可愛らしい。

俺はポリポリと頬《ほお》をかきながら答える。

「えっと……俺の名前は耕平。白い巨大な獣ならウチにしばらく居着いてますけど……」

「えっ？　こちらにいるんですか？　ああ、良かった。これで神獣様を看取《みと》ることができる……」

アルカと名乗る少女の言葉に、俺は耳を疑った。

何やら物騒《ぶっそう》そうな話だ。彼女を見ると沈痛《ちんつう》な面持ちだ。

「えっ？　看取る、ですか？　いや……俺が治してやったから大丈夫だと思うんですけど。寿命かなにかかな？　大きいですし、年齢もかなりいってるんですかね？」

俺の言葉を聞いたアルカが目を見開いた。

「いえっ、そんなはずは！　あれだけ魔障《ましょう》に冒《おか》されて黒くなっていたのにっ」

魔障？　初めて聞くが、ひょっとしてあの黒い汚れのことかな。血とか傷じゃないんだな。

アルカのところどころ黒ずんだ身体を見ながらしばし考える。

「ちょっと失礼」

俺はアルカの手を取って、大地の力を流した。

「なっ⁉」

ポワンッとアルカの全身が光ると、彼女の体から黒い汚れが剥《は》がれるように落ちた。

やっぱり怪我とは違うみたいだ。

面白いように剥がれ落ちた黒い汚れは、宙で粉々になってかき消えた。

「こうやってあの白い獣についていた汚れも落としておいたんですけど、まずかったですかね？」

俺がそう言うと、アルカが突然涙をこぼして、そのままふっと気を失ってしまった。

「わわっ」

崩れ落ちるようにその場に倒れ込んだアルカを、俺は慌てて抱きとめる。

そこに、俺たちの様子を気にしてミーシャが顔を覗かせた。

「コウヘイ、立ち話もなんだから上がってもらったらどう……む？　何があったんだ？」

「いや……俺も訳が分からなくてさ」

俺は頬をポリポリとかきながら、力なくつぶやく。

ひとまずミーシャの力を借りて、アルカを介抱するべくベッドに寝かせるのだった。

俺のベッドですぅすぅと寝息を立てているアルカの手を握りながら、その後も俺は大地の力を流した。ポワンッとアルカの全身がほのかに光り輝く。

でっかい犬みたいな神獣の時も、大地の力を流すと黒い汚れが落ちたからな。アルカもまだこの汚れが残っているみたいだし、力を流していれば全部取れるだろう。

しばらくして、アルカが目を覚ました。

「す、すみません……」

彼女は頬を赤く染めながら謝り、ゆっくりと上体を起こす。

「無理をしなくても大丈夫だよ」

「うむ。ゆっくりしていくといい」

俺とミーシャが気遣って声をかけるが、アルカは首を横に振った。

「いえ。そういうわけには……それに神獣様のこともありますし……」

「まぁ、話は落ち着いてからにしよう」

ベッドから起きたアルカを連れて、俺たちは居間へと移動した。

ミーシャがお茶を沸《わ》かすために台所へ向かう。

待っている間、俺はアルカに質問した。

「それで、君は神樹の森？　って所から来たの？」

「はい。私はその森で神獣様の巫女《みこ》をしています」

人数分のお茶をお盆に載せて、ミーシャが居間に戻りながら口を開いた。

「ふむ。神樹の森というのは初めて聞くな。どこにあるのだ？」

「この森のさらに奥の方で、二週間ほどかかるあたりですね」

すでにずいぶん広いと思っていたこの森だが、まだまだそんなに奥があるんだな。

俺はお茶をすすりながら話を聞いた。

「そりゃまた遠い所から来たんだな。そういえばアルカはあのでっかい獣、神獣？　を看取りに来たって言っていたが……それはどういうことだ？」

「はい。実は……」

そう言ってアルカが切り出したのは、神樹の森の危機についてだった。

なんでも今現在、神樹の森では原因不明の魔障と言われる現象がはびこっているらしい。

魔障に感染すると、最終的にどんな生き物でも歪《ゆが》んだ形のオブジェみたいになるのだとか。神獣もそれに罹《かか》ってしまったため、アルカはもう助からないと思ったようだ。

なんとも奇妙《きみょう》な病《やまい》である。

しかも、薬やポーションも効かず、治療法も不明なため、完全にお手上げのようだ。

現地の人間が分からないなら、この世界の常識に疎《うと》い俺では何もできまい。

そう思って、ふむふむ、と頷《うなず》いていたのだが……

説明を終えたアルカが俺を真剣な眼差しで見つめる。

「ですが、あなた様なら何とかできるかもしれませんっ！」

「ええ？　俺か？」

「はい。末期だった神獣様の症状も、私の初期症状の魔障も治してくださったのです。そのお力で我らの神樹の森を助けていただけないでしょうか！」

アルカは黒い汚れ——魔障が消え去った自分の体を確認して、少し興奮気味だ。

「まぁ、俺の力でどうにかできるってんなら、協力するよ」

「ありがとうございますっ！」

ペコリとお辞儀《じぎ》をするアルカ。

サラリと肩に流れる銀髪からかすかに花のような香りがした。


そろそろでっかい犬——神獣が狩りから帰ってくる時間だ。

アルカも自分の目で元気な神獣の姿を確かめれば安心するだろう。

俺は神獣を待ちながら、拠点の小屋に客間を造るべく突貫《とっかん》で作業していた。

急なお客さんがこれからも来るかもしれないしな。

アインに木を運ぶのを手伝ってもらい、大地の力で小屋を増築《ぞうちく》していく。

……って、もう小屋って呼べるサイズじゃないな、これは。

外で作業していると、神獣が狩りから帰ってきたのが見えた。

「ウォフ！」

今日も突進猪を狩ったらしい。大きな猪を口に咥《くわ》えて、神獣は誇《ほこ》らしそうにしていた。

そのまま倉庫の側へと運んでもらうと、その神獣のもとに小屋から出てきた三人娘が向かう。

「わぁ～、今日もぉ凄《すご》いですぅ」

「ですです！」

「ははっ、わん公偉いぞ！」

マロン、リィナ、エミリーは神獣を褒《ほ》めると、テキパキと突進猪を吊《つ》るして解体し始めた。

三人は慣れた手つきで、流れるように解体作業を進める。

俺はその作業を少しだけ手伝ってから、客間用家具の作製を再開した。

ベッドや小さい机《つくえ》などだ。広場の端に積んである木材から手頃な物を選んで、家具作りを進める。

俺たちが作業に没頭している間に、アルカも小屋から出てきた。

「ああっ。神獣様っ」

彼女は神獣を一目見るなり嬉《うれ》しそうに駆け寄る。神獣もアルカを見て尻尾を振っていた。

「ウォフッ！」

「あんなに魔障に蝕《むしば》まれていたのに、お綺麗な姿で……アルカは嬉しゅうございますっ」

涙ぐみながら神獣の首元に抱きつくアルカ。

「なっ？　元気だろ？」

俺は彼女たちのそばへ寄ると、口の端をニヤリと上げながら言った。

「はい。あなた様には何とお礼を申し上げてよいやら……っ！　何かお返しを！」

「まぁ、できる範囲で構わないぞ」

俺はワシワシと神獣を撫でているアルカにそう返した。

「解体ぃ終わりましたぁ」

「ですー」

「いつものように燻製小屋《くんせいごや》に持っていけばいいんだよな!?」

マロンたちは解体した肉を燻製小屋へと運んでいった。

「血の臭いがぁ凄いですぅ」

「ですですー」

「これは風呂だな！」

燻製小屋から戻ってきた三人娘が賑《にぎ》やかだ。

「三人は風呂か……それならアルカも入ってきたらどうだ？　旅の疲れが取れるぞ？　三人とも！

アルカに風呂の使い方を教えてやってくれ」

「え？　あ？　フロ……ですか？」

アルカは聞き慣れない言葉に戸惑《とまど》っている。

「はいぃ」

「ですです♪」

「アタシが教えてやるぜ！」

三人娘はテテテッと部屋へ戻っていった。自分たちの風呂の準備を取りにいったのだろう。

俺は木の端材《はざい》からタオルを作ってアルカに手渡した。

「ほれ。コレを使ってくれ」

「あ、はい。ありがとうございます……」

アルカはまだ困惑しているようだ。神樹の森には風呂に入る習慣がないのかもしれない。その割にはアルカの髪からは花のような香りがしてきたけど。

そんなことを考えているうちに、小屋から三人娘が着替えやお風呂セットを持って出てきた。

「ではぁ、アルカさん～、いきましょうぅ」

「ですです」

「こっちなんだぜ！」

「え？　あ、はい……」

元気な三人娘に手を引かれて、アルカは風呂へと行ったようだ。

ふふ。風呂の魔力にひれ伏すがいいさ。

俺はアルカイックスマイルで彼女たちを見送って、神獣の首をワシワシと撫でた。

そのまま家に戻った俺はミーシャに質問する。

「なぁ、ミーシャ。神樹の森へはどうする？　一緒に行くか？」

「うむ。そうだな、ミーシャも行っていいか？」

「ああ。来てくれると道中心強いぜ」

「あうー！」

俺とミーシャのやり取りを聞いていたノーナが、バシバシと俺の足を叩いた。

「ん？　なんだ？　ノーナも行きたいのか？」

「あう！」

ノーナがぴょんこと跳ねながら右手を上げた。

神樹の森へは約二週間の道のりだ。ノーナの足で歩けるだろうか？　かといって、ノーナを運ぶ目的でアインを連れていくと、家を守る用心棒が二週間以上いなくなることになるし……手が足りないな。

「う～ん……」

そうだ！　ゴーレムを増やせばいいんじゃないか？

それで一緒に連れていくやつと家を守るやつの両方がいれば問題ない。

俺は自分の部屋をガサゴソ漁《あさ》って魔石を見つけてから、小屋の外に出た。

「え～と、確かこう、だよな？」

大地の力を流した魔石を二つ、地面へと放り投げる。

アインを作った時と要領《ようりょう》は同じだ。

ポイポイッと。

魔石が地面へ接すると、すぐに地中へめり込んでいった。

「なっ!?　コウヘイ！　魔石が……！」

「あうー？」

様子を見ていたミーシャが驚きの声を上げた。

ノーナは魔石が埋もれた場所をジッと眺めている。アホ毛が左右に揺れていた。

それから数分で、地面の二カ所から頭、上体、腕、腰、足が現れる……そして二体のストーンゴーレムが完成した。

そのまま俺は木の集積場《しゅうせきじょう》へ向かって、魔石を二つ取り出す。

今度はこの石を木に埋め込んで、と。

俺は大地の力を流し込んだまま木に魔石をあてがった。魔石は木に呑み込まれるように埋もれていき、跡形も無く消え去る。

これで……どうだ？

すると木からニョキニョキと二体のウッドゴーレムが出てきた。

まるで蛹《さなぎ》から羽化《うか》するように体を起こしている。

よし！　これも上手くいった！

「こ、コウヘイ！　木から人形が出てきたぞ⁉」

「あう？」

ミーシャがその光景を見て口をパクパクさせていた。

ノーナは特に反応しておらず、相変わらず口をポカンとさせている。だが、頭を見ると、アホ毛が？マークのようになっていた。器用だな。

「ミーシャ。どうやら上手くいったみたいだぞ」

「まったく、コウヘイは……相変わらず規格外だな」

「あうー♪」

この世界での基準をいまだに分かっていないから、何とも言えないんだよな。

「ストーンゴーレムは、そうだな……ツヴァイとドライと名付けよう。ウッドゴーレムはウノとドスだ！」

頭に一本角のようなものがあるのがツヴァイで、Ｖ字のような飾りがついているのがドライだ。

アインの見た目がシンプルだっただけに、この二体には装飾をつけておいた。

ウッドゴーレムのウノはスラッとした見た目で、ドスは丸っこくなるように作ってある。

ゴーレムを作り終えたころ、三人娘とアルカが風呂場から出てきた。

「よう。風呂はどうだった？」

俺が声をかけると、アルカが頬を上気させたまま答える。

「はい、あなた様。あれは……あれは素晴らしいものですね」

あなた様って俺のことか？　ずいぶん変わった呼び方だな。

「今日もぉ最高でしたぁ」

「ですです♪」

「不思議と疲れが取れるんだよな！」

マロン、リィナ、エミリーも口々に感想を言った。

そうかそうか。皆にそう言ってもらえたら、鼻血を出しながら温泉を作った甲斐《かい》があるってもんだ。

第二話　神樹の森へ

その日の夜、アルカを家に泊めて、俺たちは神樹の森へ行く話を詰めることにした。

片道だけで二週間かかるし、着いた後も一日、二日で片がついたりはしないだろう。

そうすると、どう見繕《みつくろ》っても次の取引に俺が顔を出すのは難しくなる。

取引相手はモンタナ商会という、俺が作った反物《たんもの》に興味を持ってから何かと良くしてくれているところだ。かといって、まだ数回の取引しかしていないのに、いきなりこっちの都合でキャンセルするのも申し訳ない。さて、どうしたものか。

夕食の時間になったし、とりあえず話は食後かな。

今日のメニューは、燻製の魚を入れたパスタと、ゴロゴロ野菜のスープだ。付け合せはモチモチの実。火であぶるとチーズみたいに伸びるんだよね。

「うむ。今日も美味《うま》いな」

ミーシャが笑顔でパスタを頬張る。

「美味《おい》しいですぅ」

「ですです♪」

「おかわりはあるのか!?」

他の皆にも好評のようだ。

「むぐむぐ、あうー」

ノーナは両手にフォークを一本ずつ持ち、パスタを頬張っていた。

「お風呂をいただいた上に食事まで……すみません」

アルカは恐縮した様子で食事を口に運んでいた。

「いや、たくさん作ったから、遠慮なく食ってくれ」

俺は野菜スープをすすりながら応える。

野菜の旨味が溶け込んだスープは絶品だ。一緒に煮込んだ猪の肉がいい味を出している。火で軽くあぶったモチモチの実もよく合う。

「スープもぉ美味しいですぅ」

「ですです♪」

「パスタのおかわりがほしいぞ！」

マロン、リィナ、エミリーが口々にリアクションする。

「うむ。ミーシャもおかわりだ」

「あう！」

おっと、ミーシャとノーナまでおかわりか？　俺はいそいそとパスタをトングで配ってまわった。

ルンは端の方で料理を食べ進めていた。

時々、みょんみょんと上下運動したりプルプルしたりと料理に反応しているな。それを横目に見つつ、俺もおかわりをよそう。

「アルカもどうだ？　もう少し食べるか？」

「はい……いただきます」

アルカは小さくなり、頬を染めながら言った。

食事を終えて、皆がお茶を飲んでいる中、俺は本題を切り出した。

「というわけで、俺はアルカの依頼を受けて神樹の森へ行くから、しばらくここを離れなくちゃいけなくなった。ミーシャとノーナもついてくる。最短でもひと月はここを空けることになると思うけど、三人はどうする？」

まずはマロンたちの希望を確認する。

もし三人ともついてくるとなったら、商会とのやり取りをどうするか考える必要があるが……

「はいぃ、わたしたちはぁお留守番してますぅ」

「ですです」

「アタシも残るぞ！」

どうやら三人とも留守番希望らしい。それなら、この子たちにお使いを頼めそうだ。

「そうか。それなら三人には、モンタナ商会との取引に俺の代わりに行ってもらいたいんだが」

「取引ぃですかぁ」

「です？」

「アタシは難しい話は分からないぞ！」

三人娘がそれぞれ困り顔になる。

え、マジか。ちょっと不安になってきた。

「そんなに難しい話じゃないんだ。反物を納品するだけだからな」

「反物ですかぁ」

「です？」

「それならアタシにもできそうだな！」

本当か？　まぁ、俺がいた世界で考えたらまだ小中学生くらいだもんな、この子たち。

俺はとりあえず詳細を伝えることにした。

「次の月の最初の陰《いん》の日に開拓村に行って、モンタナ商会のトットさんに反物を届ければいいんだ。この前行った時にいたろ？　犬耳のおっさん」

「あぁぁ！」

「です！」

「いたな！　犬耳のおっさん」

「ゴーレムも作ったし、荷物は持たせればいい。ある程度言葉も通じるはずだから」

「分かりぃましたぁ」

「ですー」

「おっ、アインみたいな奴だな！」

俺が新たに作ったゴーレムを呼びながら説明すると、エミリーはペタペタと出来上がったゴーレムたちを触り始めた。

「反物はまとめて背負籠《せおいかご》に入れておくから、それをゴーレムに持たせて連れていけば大丈夫だ。もらった代金で日用品なんかも買ってくるといい。頼んでもいいか？」

三人娘がそれぞれ頷いて話がまとまった。

仮にも冒険者をやっているんだ。ちょっとの遠出なら任せても大丈夫だろう。


翌日。俺が自分の部屋で旅の準備をしていると、玄関からドアを叩く音が聞こえた。

おや？　また来客か？

最近はよく人が来るなぁと思いながら、俺は玄関を開ける。

「はいー、と。どちらさんですかねぇ」

俺が玄関を開けるとそこにはまた女の子の姿。黒髪で黒目、なぜかメイド姿だ。

その黒い髪は濡れたカラスのように艶《あで》やかに輝き、肩の辺りまで美しく伸びていた。

瞳はすべてを呑み込むような漆黒《しっこく》。

元いた世界で見たモデルさんかと見紛《みまが》うほどの魅力を放っていた。

表情は乏《とぼ》しく、小さく結ばれた唇《くちびる》とスッと通った鼻筋にはどこか人形めいた印象を受けた。

「見つけました。マスター」

そう言うとメイド服の少女は、カクリと崩れるように俺の方に倒れてきた。

「うわっ」

見ると気を失っているようである。またこの流れかよ！　と思いつつ、放っておくわけにもいかず、少女をベッドへ運び込んだ。

それから皆を集めて少女が起きるのを待った。

「この女の子に面識のあるやつはいないか？　いきなり来たかと思ったら、玄関で倒れたんだ」

「ふむ。よく入り口で倒れられるな、コウヘイは。ミーシャは知らないな」

「マロンもぉ見たことないぃですぅ」

「です」

「アタシも知らないな！」

ミーシャと三人娘は心当たりがないようだ。

「あう？」

「すみません。森からあまり出ないもので、私に人族の知り合いはいませんね……」

ノーナは別として、アルカも面識がないのか。

うーむ。この中だと、アルカの関係者の可能性が高いかと思ったんだが……違うみたいだ。

俺が頭を悩ませているうちに、メイド服の少女が目をパチリと開けた。

意識を取り戻したようだ。

「マスター。エネルギー補給を要求します……」

メイド服の少女は俺のベッドに寝たまま、じっとその黒いオニキスのような瞳で俺を見つめる。

マスターって俺か？　俺は困惑しながらその子を見返した。

「食事を用意しろってことか？　そもそもマスターって何だ？」

「違います。あの時のようにワタシの中心にマスターの力を注ぎ込んでほしいのです。マスターはマスターです」

力を注ぎ込む……ってなんだ？　それにあの日のようにって、初めて会いましたよねぇ⁉　僕たち。

「ちょ、ちょっと待ってくれ」

俺は慌ててその女の子の言葉を遮《さえぎ》る。

周りをちらりと見ると、ミーシャとアルカが顔を赤くしており、三人娘はニマニマした表情を浮かべていた。おい、変な想像するな！　俺は無実だぞ。何もしていない！

俺はメイド服の少女に向き直った。

「まず君は誰なんだ？　それにどこから来たんだ？」

「はい。ワタシは第五百六十二番ダンジョンコアの端末です。スティンガーのダンジョンから来ました」

スティンガーの町から歩いてきたのか？　一人で？

マジか。いや、それよりなんで女の子の姿なんだ？　俺は一人でそんなことをグルグルと考えていた。

とりあえず鑑定すれば、彼女が何者か分かるかもしれない。

名前：ダンジョン製ホムンクルス
説明：■■■■■

ホムンクルスなのか！

俺は鑑定結果を二度見した。

それにしても後半は文字化けが多いし、この簡易鑑定ってやつは相変わらず肝心なところを見せてくれないんだよな。

「む。どうした？　コウヘイ」

「あ、いや。なんかな、この子の正体がホムンクルスってことが分かってな」

俺は鑑定で確認した情報を皆に共有した。

「ふむ。ホムンクルスか。噂《うわさ》では聞いたことあるな。錬金術《れんきんじゅつ》の高等技術のはずだ」

ミーシャが顎《あご》に手を当ててそう教えてくれる。

「ホムンクルスぅですかぁ」

「ですー？」

「それはなんなんだぜ？　食えるのか？」

「あう？」

マロン、リィナ、エミリーとノーナは何も知らなそうだ。

アルカも口を挟まず、無言で俺たちのやり取りを見ている。

「あぁ。それからスティンガーのダンジョンコアの端末、とも言っていた」

「なんと！」

ミーシャが目を丸くする後ろで、他の皆も感嘆《かんたん》の声を上げていた。

ノーナは話を理解できているのか怪しいが……

アルカは口元に手を当てて、何やら考え込んでいるようだった。

俺は皆の様子を見ながら、スティンガーのダンジョンで起きたことを思い出す。あの時はたしかダンジョンコアによって中心部に拉致《らち》されたんだっけ。今みたいにいきなりマスターって呼ばれたこともあった。

すっかり忘れていたぜ。もしかして、エネルギー補給って、その時にダンジョンコアに大地の力を流したことを言っているのか？

俺はベッドの上で体を起こしている少女の頭を撫でつつ、大地の力を流していった。

少女が気持ちよさそうに目を細める。

「コウヘイ？」

ミーシャが俺を見て、疑問の声を漏らした。

これでいいはずだ。俺は無心で力を注ぎ続けた。

「ありがとうございます、マスター。エネルギー補給、完了しました」

しばらくすると、少女は満足げに頷いた。

その様子を見て俺が手を放すと、こころなしか彼女は物足りなそうな顔をした。

それにしてもこの子、ホムンクルスだからかもしれないけれど、あまり感情が顔に出ないんだよな。

そういえば、バタバタして彼女に名前をつけていなかった。

「皆、この子の名前を考えてやってくれないか？」

「ふむ。名前か……」

「何がぁいいですかねぇ？」

「ですです？」

「アタシには名付けなんて無理なんだぞ！」

話が進まないのを見かねて、アルカが提案した。

「ここはダンジョンマスターと呼ばれているあなた様が名付けるのがいいのでは？」

うーん、やっぱり俺が考えないとダメかぁ？　俺もあまり得意じゃないんだよなぁ。

「う〜ん、う〜ん……スティンガーだろ？　５６２番……」

俺は何とか頭を捻《ひね》ってみる。

「ティファとかどうだろうか？」

脈絡《みゃくらく》はないが、思いついた言葉をそのまま口にする。

「ふむ。いいのではないか？」

「マロンもぉいいとぉ思いますぅ」

「です！」

「可愛い名前だな！」

ミーシャが頷き、三人娘はそれぞれ俺の名付けを褒めてくれた。

なかなか好評そうでよかった。

「よし！　じゃあティファで決まりだな」

俺がそう告げると、ティファが謎の発光現象で一瞬ポワンッと光る。

びびったぁ。ゴーレムとかだけじゃなくて、人でもなるのか……いや、ティファはホムンクルスだった。

エネルギー補給と名付けを終えると、ティファはすっかり元気になっていた。

まぁ、そう見えるってだけで実際がどうなのかは分からないが……なんせホムンクルスだしな。

分からないことばかりだ。説明書が欲しいよ、説明書。

一件落着したのを見届けた皆が、それぞれ自分の部屋へ戻っていく。

ノーナはミーシャに抱えられていた。

静かになった自室で、俺は疑問に思っていたことをティファに聞いてみる。

「なぁティファ、ホムンクルスって何なんだ？　食事とかはしないのか？」

「はい、マスター。当該《とうがい》の説明はこちらになります」

ポンッという音とともに、前にスティンガーの最下層で見たウィンドウと同じものが現れた。

そこには、つらつらとホムンクルスに関する説明が書かれている。

……う～む。なるほど。一応経口摂取《けいこうせっしゅ》でのエネルギー補給も可能なようだ。だがその場合は、力を流し込むより著《いちじる》しく効率が下がるらしい。

「とりあえずは俺からエネルギーを補給すれば問題ない、と？」

「はい、そうなります」

「こんなところまで来て、スティンガーの方は問題ないのか？」

「はい、問題ありません。あちらは大元のコアが運営していますから」

そういや、このホムンクルスの体は端末だったたな。本体は別ということか。

「向こうのコアとは連携しているのか？　連絡手段は？」

「はい、マスター。この体の中心にダンジョンコアの欠片《かけら》があり、そこから随時大元のコアと連絡が取れます」

そりゃあ凄いな。携帯いらずじゃないか。ちょっとその技術が羨《うらや》ましい。

「便利なもんだな」

「それから、マスターの協力があれば、簡易的な転移石を設置することも可能です。その際はダンジョンポイントも使用します」

おお！　転移か。それはありがたいな。ただ、あまり他人に知られないように気をつけないとな。

ダンジョンポイントといえば、ダンジョンマスターとして登録した時にポイントが貯まっているって言っていたから、多分それだな。どのくらい使うんだろう？

「ところで……何でメイド服なんだ？」

「メイド服は従者の正式な服装ですから」

ダンジョンコアにもそういう考え方があるのか。それともどこかから得た情報なのか？

「あぁ、なるほど。それからティファ、俺たちはこれから神樹の森へ行くつもりなんだが、少なくともひと月はここを空けることになる。ティファはどうする？」

「ワタシもマスターたちと一緒に行きます」

「分かった。それならティファの荷物も準備しないとな」

「ワタシはこのままでも十分と判断します」

「いや、そういう訳にもいかないだろう。今までは着替えとかどうしていたんだ？」

「このままですが……？」

おいおい、ホムンクルスとはいえ、見た目はうら若き少女だ。着の身着のままってのはまずいだろう。

「すまん、ちょっと待っててくれ」

俺は眉間《みけん》を親指と人差し指でもみほぐしながらミーシャの部屋へと向かう。

部屋のドアをノックして、ミーシャを呼び出した。

「ミーシャ。ティファを風呂に連れて行ってやってくれないか？　ついでに使い方を教えてやってくれ。その間に俺はティファの衣服を作っちゃうからさ」

「む。コウヘイ。風呂か、分かった。任せてくれ」

「あうー」

頷くミーシャの背後から、ノーナが顔を出した。

「ノーナも風呂へ行くのか？　邪魔にならないようだったら構わないぞ？　もう一人で入れるのか？」

「うむ。ノーナは入り方も覚えたし、一人でも大丈夫だろう」

へえ。意外と物覚えいいんだな。ちっとも言葉を発しなかったから、心配してたんだ。

「じゃあそういうことで頼む、ティファには今から話してくるから」

俺はそう言い残して自分の部屋へと戻った。

木からタオルや風呂道具を作って、ベッドで待っていたティファに渡す。

「ティファ、はいこれ。使い方や風呂の入り方なんかはミーシャに聞いてくれ」

「分かりました。マスター」

俺がティファと部屋を出ると、ノーナの手を引いたミーシャがやってきた。

「コウヘイ。こちらは準備できてるぞ」

「おう、ティファへの説明も済んだところだ」

「うむ。では、ティファ。こちらに来るのだ」

ミーシャの案内についていくティファを見送りつつ、俺は彼女らが風呂に入るタイミングを待った。温泉から響く声でティファたちが風呂に入ったことを確認してから、俺も風呂場へと向かう。

タオル類はともかく、ティファの着替えを複製するためには、実際に彼女の服を採寸《さいすん》しなければいけないからだ。

申し訳ない気持ちで静かに脱衣所まで入ると、俺はティファのメイド服を取り出して広げた。

ミーシャの服を作った時と同じように心を無にして、メイド服を複製していく。

多分下着もないよなぁ。

心を平静に保ったまま、彼女の衣服一式の複製を済ませる。

それぞれ三着ずつあれば、当面は問題ないだろう。

ミーシャたちが風呂に入っている間に、俺はさっさと退散した。

あまり長く留まって彼女たちに出くわすのはまずい。

手が空いた俺は、今度は部屋作りの作業に取りかかった。これはティファ用の部屋だ。

アインたちゴーレム軍団に手伝ってもらったおかげで、あっという間に完成した。ベッドなどの家具も揃えたし、これで大丈夫だろう。

少し経って、三人が風呂から上がってきた。

「うむ。いい湯だったぞ」

「あう♪」

「マスター！　あの湯はなんですか⁉　エネルギーが補給されました」

ティファがアルカと同じように少し興奮気味に語る。風呂上がりで頬が上気しているからか、色っぽく見える。

「おう。一応温泉を引いていてな。なんでも体力と魔力を回復させる効能があるらしいぞ」

「そうなのですね！　あの湯は素晴らしいものです！」

そうだろうそうだろう。俺は人差し指で鼻の下を擦った。

「へへっ。まぁな。他にも一応効能があるらしいが、詳しいことは分からん。それからティファ、専用の部屋を用意したから、こっちに来てくれ」

俺は彼女を部屋に案内した。

「これは……マスター、ありがとうございます」

「まぁ、ベッドと机くらいしかないけどな。使ってくれ」

「はい、マスター」

感情をあまり見せないティファがにこやかに微笑んだ。


次の日。準備を終えた俺たちは、神樹の森への旅に出た。本当は昨日出発する予定だったが、ティファの一件でドタバタしてしまって、一日ずらすことになったのだ。

「アインとツヴァイは一緒に来てくれ。ドライとウノ、ドスは留守番だ。作物の世話やマロンたちの手伝いなんかを頼む。三人の言うことをよく聞くようにな」

居間でゴーレムたちが頷いた。

そして俺は三人娘の方に視線を向けた。

「三人はモンタナ商会との取引を頼む。反物は倉庫に背負籠と一緒にまとめてあるから」

「はいぃ」

「ですです」

「アタシたちに任せろ！」

マロン、リィナ、エミリーが自信ありげに言った。

「おう。頼むな。受け取った代金で必要なものを買ってくれて構わないから」

「分かりぃましたぁ」

「です！」

「魔物の素材なんかもかなりの数になってるから、売ってくるぞ！」

「おう、それはゴーレムに運ばせていいぞ。三人のサポートを頼んでいるからな」

三人娘への伝達を終えた俺は、アインとツヴァイを連れて拠点の小屋を出る。アルカやミーシャはすでに準備を済ませて待っていた。

「コウヘイ、忘れ物はないか？」

ミーシャが俺に声をかける。

「ああ。大丈夫だ」

それぞれ荷物は各々のバッグにしまってある。

俺とミーシャ、ティファは背嚢《はいのう》を背負い、アインとツヴァイには背負籠を持たせた。

「では、神獣様も行きましょうか」

アルカが声をかけると、白い神獣がその場で伏せをした。

「ウォフ！」

乗れってことか？

「いや、そんな……神獣様、畏れ多いです」

アルカは遠慮気味に言って、神獣の前で固まってしまった。

「まぁ、神獣様が自ら乗れって言っているんだから、いいんじゃないか？」

「うむ。ミーシャも同じ意見だ」

「あうー」

ノーナは口に指を咥えて見ていた。

一緒に乗りたいのだろうか？

「なぁ、神獣様よ。ついでといってはなんだけど、ノーナも乗せてやってくれないか？」

「ウォフ！」

すんなり許可してもらえた。

俺はノーナを抱き上げて、神獣の背に乗せてやる。

これで出発準備は全部終わったな。ノーナに俺たちに一緒に歩けというのも酷《こく》だから、ツヴァイに乗せる予定だったけど……よかったな、ノーナ。


数時間ほど経ったが、旅は順調。

俺と神獣を先頭に、大地の力で森の木々を回避してのんびり進んでいく。

神獣の背に乗ったアルカが横から驚いたように言った。

「あなた様の加護の力は凄いですね。これなら神樹の森まで二週間かからないかもしれません」

予定より早く着けるなら、願ったり叶ったりだ。

ルンが俺の頭の上でご機嫌《きげん》そうにみょんと体を伸ばした。

普通なら木の根っこなどに足を取られるような深い森だが、俺たちは平然と歩いていく。

周りを見回しても、鬱蒼《うっそう》と森の木々が繁《しげ》っているだけだ。

アルカはよくこんな場所で道に迷わずにうちに来られたな。

俺なんか木の違いなんてよく分からないから、一人だとグルグル同じ所を回りそうだ。

アルカの案内で進んでいると、ミーシャが首を捻った。

「うん？　何かが近づいてくるな」

彼女の警戒網《けいかいもう》に何か引っかかったようだ。

「！　あなた様。おそらくあれは飛行型の魔物でしょう」

なに？　飛行型？　俺は遠距離での攻撃が苦手だから、極力戦いたくないんだよな。

一応、魔術は練習しているけど。

「む。間もなく接敵《せってき》するぞ」

「あう！」

ひらけた空間で俺が見たのは、大きな緑色の鷲《わし》みたいな生物だった。

体を見ると、ところどころ黒ずんでいるように見える。あれも神獣たちと同じ魔障なのか？

「ここは私が！」

アルカはそう言い放って、背負っていた弓を取り、キリキリと矢をつがえた。そしてヒュッと矢を放つと、一発で首元に命中！　さすがはエルフだ。

矢を受けた鷲の魔物は、錐揉《きりも》みするように地面に落ちていく。

落下地点に向かうと、そこには瀕死《ひんし》で横たわる魔物の姿があった。

俺は近づいてからナイフを首元に入れ、トドメを刺した。

「なぁ、この鷲の黒いのって……？」

若干答えを予想しながら、俺は森に詳しそうなアルカに尋ねた。

「はい、これも魔障ですね。その魔物は森林大鷲《しんりんおおわし》といって、本来は鮮《あざ》やかな緑色をしているのです。きっと神樹の森方面から飛んできたのでしょう」

そうなのか。俺は事切れた森林大鷲とやらの骸《むくろ》に大地の力を流してやる。

ポワンッと大鷲の全身が光ると、ポロポロと黒い汚れが剥がれ落ち、鮮やかな緑色をした羽毛が現れる。

「一応、魔物でも俺の力が通じるみたいだな。とはいえ、病に罹《かか》った魔物の肉を食べる気にはならないけど」

「うむ。肉は大地に返してやり、他の使えそうな素材はもらっていこう」

ミーシャがサッと解体を済ませながらそう言った。

ミーシャは普段から狩りをしているだけあって、手際《てぎわ》がいい。俺は彼女の手元を見ながら感心する。

結局、鮮やかな羽根をいくつかと魔石だけ取っていくことにした。他の部位は俺が大地の力で地面に埋めた。

「なぁ、アルカ。他の魔物も魔障に冒されているのか？」

「はい、あなた様。神樹を中心として同心円状《どうしんえんじょう》に広がっています」

神樹が中心？　それじゃあ、その神樹が原因じゃないのか？

だが、確信はないし、エルフたちの信仰対象っぽいので言わないでおいた。


そこからさらに数日かけて森を進んでいくと、妙な物体を多く目にするようになった。

アルカが言っていた魔障に罹った者の成れの果ては、これのことだろう。

見た目は何というか生成に失敗したキメラ、とでも言おうか。無機物と本来の動物のパーツが入り乱れたような外観だった。

黒ずんだ塊が全体から黒い蒸気のようなものを吹き出しながら置かれている。

「これが魔障の力か」

俺は革の手袋を嵌めた手をその物体に当てた。

「な⁉　あなた様！」

アルカが驚きの声を上げる。

「いや、大丈夫だ」

大地の力をその物体に流し込むと、黒いものが落ち、ポワンッと全体が光り出した。

徐々に元の動物の姿へと戻り、やがてそれはイタチのような動物に変わっていた。今にも起きて駆け出しそうだ。

「コウヘイ、大地に返してやろう」

ミーシャがゆっくりと俺の肩に手を置いた。

「ああ」

俺が地面に手をついて大地の力を流してやると、イタチのような動物はそのまま土に呑み込まれていった。

「あなた様、ありがとうございます」

「ああ、こいつみたいなのを通り道で見かけたら、これからも弔《とむら》っていこうと思う。少し時間が取られるかもしれないが、アルカは大丈夫か？」

「……本音《ほんね》を言えば、少しでも早く神樹の森に来ていただきたいです。しかし、森の同胞たちへ救いの手をいただきたい気持ちもありますので」

少し逡巡《しゅんじゅん》してからアルカが答えた。

そこで、悩んでいた俺にミーシャがアドバイスする。

「うむ。それなら通り道で出会ったものだけにすれば良いのではないか？」

確かにそれなら大幅に時間を消費することはないだろう。

「分かった。そうしよう」

その後もアルカの案内で先を急ぐ。

道中でいくつか見かけた黒いオブジェは、大地の力で元の生き物の姿に戻してから地面に埋めてやった。

しばらく進むと、俺をよけた木の脇から大きな丸い塊が姿を現した。

なんだ？　オブジェ化していないってことは、まだ生きているとは思うが。

「コッカドルドル……」

その大きな塊は奇妙な声で鳴きながら、ポテンと俺たちの前に転がってきた。

ところどころ黒ずんだ大きな丸い鶏《にわとり》のようで、元気がない。

「おおう。でっかい鶏だな」

「あなた様。これはビッグ・コッコですね」

アルカが横から教えてくれる。

一応、鑑定してみよう。

名前：ビッグ・コッコ
説明：大型のコッコ。良質な卵を産む。

以前ダンジョンで遭遇したことのあるトール・コッコとは別種のようだ。

あちらはスラッとした普通の形の大きな鶏だったが、ビッグ・コッコはポテリとした形状だ。

「コッカ……コッカドルドル……」

ビッグ・コッコは魔障に冒されて苦しいのか、息も絶え絶えだ。

「ちょっと待ってな」

俺はビッグ・コッコに手を当て、大地の力を流した。

ポワンッと光ると、ビッグ・コッコの羽毛は元の色であろう白へと変わった。

「コッカ！」

ビッグ・コッコは元気を取り戻したようで、羽を広げて自分の体を見回している。

「あう！」

ノーナが神獣からピョンと降りて、ビッグ・コッコの方へ向かった。

おいおい大丈夫か？

モフンと羽毛に潜り込むノーナ。ちょっと、いや、かなり気持ち良さそうだ。

「！　コッカ！」

ビッグ・コッコはハッと何かに気づくと、俺の方にやって来てグイグイと頭を押し付ける。

「おわっ！　な、なんだ？」

意図が読めず戸惑っていると、ビッグ・コッコは埒《らち》があかないと思ったのか、俺の服の端をくちばしでつまんだ。俺の身体を森の奥に引っ張ろうとしている。

「ふむ。こやつはコウヘイに来てほしいようだ」

ミーシャが腕組みしながら、ビッグ・コッコの様子を見てそう言った。

「そうみたいだな。アルカ、少し寄り道してもいいか？」

「はい、あなた様」

「ぁぅー」

ノーナの声が羽毛に紛《まぎ》れて遠くから聞こえた。

もふもふの羽毛からアホ毛だけ飛び出てピコピコと揺れている。

くっ！　羨ましくなんかないんだからね。

ビッグ・コッコに案内されるまま、十分くらいは歩いただろうか？　目の前に大きな鳥の巣のようなものが見えてきた。

「コッカドルドル！」

俺たちを案内していたビッグ・コッコが巣に呼びかける。

「ピヨピヨ……」

巣から弱々しい返事が聞こえると、バッと元気なビッグ・コッコが巣の中を見た。

俺たちも同じように背丈ほどはある巣を端から覗き込んだ。

そこには一羽のビッグ・コッコと雛《ひな》が三羽うずくまっていた。

ビッグ・コッコは俺を連れてきたやつより一回り小さい。

どれも体のところどころが黒ずんでいた。

「コッカ！　コッカ！」

俺たちを案内してきたビッグ・コッコは俺の方に向き直ると、グイグイとその頭を押しつけてきた。もふもふの羽毛がいい感じだ……って、そうじゃない！　早いところこいつらを何とかしないと！

「よしよし。ちょっと待ってろ」

俺は自分の背ほどもある鳥の巣をよじ登って、すり鉢《ばち》状の巣の中に入った。

「お邪魔するよ？」

まずは一回り小さいビッグ・コッコからだ。

黒ずんだ羽毛に手を当てて大地の力を流し込むと、ビッグ・コッコの体がポワンッと光り輝き、純白の羽毛に変化した。

三羽のヒヨコたちにも同じように力を流していく。ヒヨコって言っても、元の世界で見たものと比べればかなりデカい。

「ビヨビヨ！」

元々起きていたヒヨコが元気に鳴き出す。

「コッカコッカ！」

巣の外で様子を窺っていたビッグ・コッコも満足そうだ。

「あぅ！」

羽毛の中からノーナの声が響く。すっかりもふもふが気に入ったようだ。

「ビヨビヨ」

起きていたヒヨコが周りに呼びかけると、皆が応答する。

続いて、一回り小さいビッグ・コッコがハッと目を覚ました。

「コッカドルドル！」

「コッケ！」

どうやらこのビッグ・コッコたちはツガイだったようだ。

お互いの無事を喜んでいる二羽を見て、俺たちは温かい気持ちになった。

「うむ。コウヘイにかかれば何てことはないな」

「あなた様……やはりこの力、早急に神樹の同胞たちのもとへ届けねば！」

アルカの言葉を聞いて、俺はハッとした。

そういえばビッグ・コッコたちを助けることに夢中で一瞬頭から抜け落ちていたが、エルフたちを救いに行くのが本来の目的だった。

「じゃあ俺たちはもう行くぞ？　他に問題はないよな？」

俺は案内してくれたビッグ・コッコに声をかける。

それからノーナを神獣に移そうと羽毛を覗き込むと……

「コッカ！　コッカドルドル！」

ビッグ・コッコが慌てたように鳴き出す。

それに呼応するように、巣から一回り小さいビッグ・コッコと三羽のヒヨコがバサバサッと飛び出た。

「ぁぅ？」

ノーナが埋もれていたビッグ・コッコに一羽のヒヨコが、一回り小さい方には二羽のヒヨコが飛び乗った。

「コッカ！」

なんだ？　なんだ？　まだ何か頼もうとしているのか？

ビッグ・コッコの動きを見たミーシャが俺に話しかける。

「コウヘイ、これはミーシャたちについていくということではないか？」

後ろにいたティファも頷く。

「マスター、ワタシもそう思います」

「なるほどな。アルカ、こいつらを森に連れていっても問題ないのか？」

「この者たちでしたら問題ないです。我が森で良質な卵を産んでもらおうと思います」

アルカがそう言うなら大丈夫か。

話が終わると、ビッグ・コッコ一家が加わった俺たちの一行は、再び神樹の森を目指すのだった。


その後も道中で魔障に冒された魔物を治したり、襲ってきた魔物を倒したりして進むこと数日。

俺たちは迷《まよ》いの森《もり》という霧《きり》の立ち込めた領域に入った。

まるでミルクのような濃い霧が辺りを覆い、伸ばした手の先が見えなくなるほど視界が悪い。

長いロープを出して皆に掴んでもらい、はぐれないように一列になって進んだ。ビッグ・コッコの家族もロープを咥えている。

「あなた様のお力で木々が避けていきますので、最短距離を突破することにしました」

「そうか、アルカ。案内は任せた」

「はい、あなた様」

そうやって足元をよく確認しながら進んでいると、ビビビッという音とともに黒い影が俺たちの前に現れた。

皆で注意していたのに、こんなにあっさりと警戒網を突破されるなんて！

「あなた様！　あれはモンク・シカーダです！」

なんだそれ!?　俺はすかさず鑑定をかける。

名前：モンク・シカーダ

説明：素早く動き、よく鳴く。

両手を広げたくらいのサイズの大きなセミの魔物だ。

「ツクツクツク！」

モンク・シカーダが鳴き声を発しながらビビビッと俺たちの方に向かってくる。

「皆！　円陣で迎え撃つぞ！」

ミーシャたちが頷いたのを確認して、俺たちは円陣になった。

俺はセミの魔物を剣で切りつけようとするが、奴は空中であらぬ方向に切り返し、かわされてしまった。大きなセミなのに空中機動が達者だ。

「ツクツクホシー」

「ツクホーシ」

「イーヨー」

わらわらとセミの魔物が追加で現れる。

「くっ。突く、欲しい？　そんなに欲しけりゃくれてやる！」

俺は突進してきたモンク・シカーダに剣で突きをお見舞いする。

「ジッ！」

攻撃はうまいこと眉間《みけん》に当たり、セミの魔物がジジジッと痙攣《けいれん》した。

アインとツヴァイは相手の素早さに翻弄《ほんろう》されているようで、あまり攻撃が当たっていない。

ミーシャとティファは平気か？　特にティファは武器を持っていないが……

彼女たちの方に視線を向けると、ミーシャは二本の短剣で器用にセミの魔物の攻撃を捌《さば》いていた。

そして肝心《かんじん》のティファだが、こちらはセミの魔物の方へ手をかざして、氷の矢で応戦している。

しかも詠唱なしで。彼女は魔術を使えるのか⁉

アルカは淡々と神獣に跨《また》がったまま矢を放っていた。こういった事態に慣れているのか、落ち着いている。

俺たちはそれからしばらく戦い、騒ぎにつられて続々と集まってきたモンク・シカーダを撃退した。

「……せい！　ふぅ、これで最後、か？」

気が付けば、周りは俺たちが倒した大きなセミの魔物で溢れていた。さすがに多いな。

「はい、あなた様。この辺りは狩り尽くしたようです」

アルカは暢気《のんき》そうに言った。

一息ついた俺たちはセミの魔物から魔石を抜き取り、骸を一塊に集めていった。俺はそれを大地の力で地面に埋める。

その後もアルカの案内で真っ白な視界の森をしばらく歩き、ようやく俺たちは目的の神樹の森の入り口に到着したのだった。

第三話　魔障の恐ろしさ

神樹の森は巨大だった。木もここに来るまでに見たものよりでかい！

何十人もの人が腕を伸ばしてようやく木の幹を囲えるくらいの太さだ。

そんな巨木の上には住居が作られている。いわゆるツリーハウスというやつだ。

遠目にエルフの住環境を確認した俺は、ちょっと興奮した。

手前には木でできた塀《へい》がぐるりと設けてある。

アルカの先導で、俺たちは塀のそばまで向かう。

「何者か！」

頭上から誰かの声が響く。

上を見ると、門の両脇に物見台があった。

声の主はそこにいるようだ。

「アルカ・シェルウッドです！　神獣様と戻りました！」

「なっ⁉　神獣様はもう長くなかったはずじゃなかったのか？　いや、しかしすっかり元通りになって……どういうことだ？」

上から困惑した反応が返ってくる。そりゃあ、あれだけ黒く汚れていた神獣が綺麗になっていたら、驚くのも無理はないか。

しばらくして、門が開いた。

「遅くなって申し訳ない。最初に女王陛下《じょおうへいか》に謁見《えっけん》してもらうことになるが、大丈夫か？」

門番の人がこちらに話しかける。

まさしく俺がイメージするエルフにぴったりの見た目で、金髪で耳の先が尖《とが》った男性だ。

アルカが神獣から降りながら答える。

「はい。問題ありません」

いや、女王様って？　アルカさん、聞いてないよ⁉　俺とミーシャは顔を見合わせた。彼女も戸惑っているようだ。

それよりも、俺はこの神樹の森を散策する時間が欲しいんだけど。なんせツリーハウスなんて珍しいものがたくさんあるんだもんな！　見上げると、樹上に縄梯子《なわばしご》のようなものがあったり、吊り橋がかかったりしている。木の根元からびっしりと生えている苔なんかも風情《ふぜい》を感じさせる。

しかし町の雰囲気《ふんいき》は遠目でも分かるほど、どよんと暗い。

それに木や家なんかもところどころ黒ずんでいる。

何よりもまずはここの治療が先決だろう。

程なくして、案内人らしき身なりのいいエルフの男性が兵士をぞろぞろと連れてこちらに向かってきた。

「神獣様！　よくお戻りで。それにお元気になられたご様子、大変嬉しく思います……アルカもよく戻った」

やってきたエルフの男はちょっと涙ぐみながらそう口にした。

「はい。ただいま戻りました」

ペコリとアルカが会釈《えしゃく》をしながら返事をした。

「して、アルカの周りにいる者たちは？」

「はい。此度《こたび》の魔障の件を収束させられるかもしれない方たちを見つけまして、連れてまいりました」

キリッとした表情で、アルカが自信ありげに答えた。

「なんと！　この魔障の解決方法が見つかったのか⁉」

「はい。こちらのコウヘイさんという方の力であれば、何とかできるかもしれません」

アルカはそう言って俺を手で示した。

俺は身なりのいいエルフの男性にペコリとお辞儀する。

「とにかく……まずは陛下に会ってもらって、話はそれからだな。こちらだ。ついてまいれ」

その男の案内で、俺たちは謁見の間へと案内されることになった。

巨木の中でも一際《ひときわ》大きい木の前で、男の足が止まった。

アルカの話によると、これが神樹という木だそうで、幹のそばには入り口らしき門があった。

どうやらこの神樹が女王陛下の住む場所でもあるようだ。

見上げても生い茂る葉に覆われて空は見えず、木漏《こも》れ日が少し差すのみだ。

門の両脇にいた兵士に案内役の男が状況を説明しているうちに、ノーナを神獣の背に移しかえておいた。神獣は外で待っているようだ。ビッグ・コッコたちは神獣のそばで大人しくしている。

神獣とビッグ・コッコを外の兵士に預けて、俺たちは門を潜《くぐ》る。

何回か階段を上った先に謁見の間が見えてきた。

「ただいまより、陛下が参られる！」

ここまで案内してくれたエルフの男性がそう言うと、奥の扉が開かれて女王が入って来た。

髪は銀髪のロングで、瞳は赤。どことなくアルカに似た風貌《ふうぼう》だった。背丈は俺とあまり変わらないくらいで、豪奢《ごうしゃ》なドレスがよく似合っている。首元には大きな宝石が嵌まったネックレスをつけていた。

ミーシャとアルカがさっと跪《ひざまず》いたので、俺もそれに倣《なら》った。ティファも真似して俺たちと同じ姿勢になる。

ルンは俺の頭から飛び降りて、アインの方に転がっていった。おいおい、謁見中は大人しくしていてくれよ。

「ああ、そんなに畏《かしこ》まらなくてよいぞ。楽にするのじゃ」

女王が気だるそうに手をひらひらとさせながら言った。

その表情からも、疲れていそうな雰囲気が読み取れる。

「はっ」

身なりのいいエルフの男性が応えて、張り詰めた空気が和らいだ。

「して、魔障の解決方法が見つかったとな？」

女王が目を鋭《するど》くさせて俺たちの方を見る。嘘《うそ》は許さないといった雰囲気だ。

「はい、叔母上《おばうえ》。こちらにいらっしゃるコウヘイ様が魔障を落とす力をお持ちでございます。神獣様も私もそのお力で治していただきました」

アルカが堂々と答える。

ん？　叔母上……ってことはアルカも王族なのか!?

俺が驚いている間も、話は進む。

「アルカちゃん……そんな他人行儀《たにんぎょうぎ》にせんでも良いのじゃ。魔障の方はまことなのか!?　う～む……どれほどのものか分からぬが、あの状態の神獣様を回復させたというなら、かなりの力だ。よし……試しに妾《わらわ》の魔障を取り払ってみせるのじゃ」

「なっ!?　陛下!?」

女王の言葉に、身なりのいいエルフの男性が慌てた。

よく分からないぽっと出の男の怪しい力を自分の体で試すというのだから、こんな反応をするのもおかしくない。

よく見ると、女王の体のあちこちにも、会ったばかりのアルカのように少し黒い汚れがついていた。

女王までも魔障に冒されているとか、大丈夫なのか？

思うところはあったが、ひとまず――

「いいですよ。まずはお手を取らせていただく必要がありますが……」

魔障とやらを取り除くには、俺が直接手を触れて大地の力を流す必要がある。

「そうか、なら近《ちこ》う寄るのじゃ」

エルフの女王が気だるげに手招きする。

俺は壇上《だんじょう》に上り、女王の手を取った。

近くで見た女王は少しやつれているようで、目元の隈《くま》を化粧《けしょう》で隠していた。

心なしか首元の宝石もくすんで見える。

俺はエルフの女王の手を取り、さっそく大地の力を流した。

「おお！　これは心地よいのじゃ！」

女王が目を細める。大地の力を流すと皆そういう反応をするんだよな。俺には分からないけど。

力を流してすぐに、女王の体から黒ずんだ汚れがポロポロと落ちていった。汚れは地面に落ちる前に蒸発して、最後に全身が淡くポワンッと光るところまでアルカたちを治した時とまったく同じ流れだった。

「このように取り払うとは……」

金髪のエルフの男性が驚いている。

病気かと思っていたものが、こんな一瞬でポロポロ落ちていくんだから、こういう反応にもなるか。

女王が、唖然《あぜん》としている金髪の男に告げる。

「ははっ。ラングドジャよ。そちの娘も魔障に冒されていたはず。このコウヘイに治してもらうとよいのじゃ」

「分かりました」

「はっ！　ありがたき……」

俺が頷く横で、ラングドジャさんはお辞儀をすると、プルプルと震えていた。

娘を治す手段が見つかって感極まっているのだろう。

こんなものかなと俺が女王の手を放すと、彼女は少し物足りなさそうな顔をしていた。黒ずんだ部分は落ちたから、これでいいはずだけど。

「……重症の方はどちらに？」

もっと深刻な人もいるのではと疑問に思ったので、尋ねてみる。

「ラングドジャよ。確か診療所にいるはずじゃな？」

「はっ。その通りでございます。まずはそちらから治していただきましょうか」

「そうじゃの。そのように急ぎ手配するのじゃ。それからコウヘイたちの泊まる所もな」

「はっ。かしこまりました」

そして俺はエルフたちを治療して回ることになった。

取り急ぎ、旅の荷物を案内された部屋に置く。

最初に向かったのは、重症者が集まっているという診療所だ。

目的の場所は、とある木の麓《ふもと》にあった。重苦しい雰囲気が漂っている。

未知の病気で、最終的にオブジェ化しちゃうんだろう？

そりゃ怖いよな。ここに来る道中でも、いくつかあったしな。

「ああ……」

「うう……」

診療所に入り、俺はうめき声が響くベッドの隙間《すきま》を歩いた。

こりゃ酷い。見ると、体の半分以上が黒ずんでいる者もいた。

どれだけ苦しいのか俺には分からないが、早く何とかしてやらないとな。

重症者も症状の進行具合ごとに分かれていて、今俺がいる周りのエルフたちは軒並み薬で眠らされているようだった。

その中の一番奥のベッドに、もっとも症状がひどいエルフがいるとのことだったので、まずはそこに向かう。

横たわっていたのは、小さな子供のエルフだった。

そのそばには母親らしき人が椅子に座って、沈痛な面持ちで手を握っている。

「すみません。診させてもらいますね」

あまりに辛《つら》い光景だ。俺は母親らしき人に声をかけて、子供の反対側の手を握りながら大地の力を流していった。

みるみる内に魔障が剥がれ落ち、その状況を見た母親らしき人がびっくりしている。

俺は子供の手を握りながら、ミーシャに声をかけた。

「ミーシャ、多分俺はしばらくここにつきっきりになると思うから、ノーナの様子を見ていてやってくれないか？」

「うむ。分かった」

「ティファはどうする？　その辺を見ていてもいいぞ？」

「いえ、マスターの側にいます」

そうか？　見ていて面白いものじゃないけど、まぁいいか。

力を流し終えると、ベッドに寝ているエルフの子の全身がポワンッと淡く光る。

「これでもう大丈夫ですよ、お母さん」

「──あ、りがとう……ございます、先生」

母親らしき人が涙ながらにお礼を言う。

いや、先生なんて柄《がら》じゃないんだが……こそばゆくなった俺は、頭の上にいたルンを撫でて気を紛らわせた。

「ああ、私のかわいいぼうや……」

母親らしきエルフが、すやすやと寝ている小さなエルフの子の頭を何度も何度も撫でていた。

まだ小さいのに……よくここまで頑張ったな。

「手遅れの人たちはどうなったんですか？」

ふと、疑問に思った俺は、案内してくれたエルフの人に尋ねてみる。

「……薬で先に逝《い》きました」

詳しく話を聞くと、魔障に冒されきる前に、主に大人のエルフたちは自ら命を絶ったとのことだった。

まだ魔障が何かも判明していない状況だったから、少しでも他のエルフに危害を加える可能性があるなら自らを犠牲にするという発想だったのだろう。

まわりのベッドに目を向けると、今いる重症者は小さい子が多かった。治療法の発見への望みを託して薬で眠らせることで、少しでも魔障の進行を遅らせようとしたようだ。

まさかこんなに危機迫る状況だったなんて。

ここまでの事態だと分かっていればもっと早くここに……いや、今は後悔するより目の前にいる重症者を一人でも多く治療しなくては。

それから俺は、重症者から手当たり次第に大地の力を流していった。やはり、小さな子供が多い。

治療した後のベッドには寝ている我が子を抱きしめながら泣いている親が多かった。

力を多用したせいか汗がにじみ出てきたが、そんなことは構わずにどんどんと治療を進めていく。

とにかく、この診療所にいる重症者は今日中に全員治すんだ。

◆　◆　◆

森の一画で、私――マロンは二羽の一角兎《いっかくうさぎ》と対峙《たいじ》しています。

もちろん仲間のリィナとエミリーも一緒です。

リィナがザシュッと片手剣を振るって、突進してきた一角兎を一撃で倒しました。

「やりましたです！」

三人の中で一番背の低いリィナが嬉しそうに飛び跳ねます。

「はいぃ、お手柄ぁですぅ」

「アタシも狩るぞ！」

マロンがリィナの腕前を褒める横で、エミリーもやる気を出しています。

森の拠点で生活するようになってから、釣りと狩りによく行くようになったおかげで、一角兎との戦いには慣れています。

マロンも一角兎を狩るべく前に出ました。

この一角兎というのは、人を目にすると突っ込んでくる習性があります。

額《ひたい》の角で突き刺してくるのです。こんなに可愛い見た目なのに……

つぶらな瞳を向けながら、一角兎がこちらに向かってきました。角で突き刺そうと飛び込んできます！

ここで回り込むようにして……メイスで叩きます！　ボグッ！

ピクピクと痙攣している一角兎の首筋にナイフを入れて、トドメと血抜きを行いました。

「ふうぅ」

「です！」

「アタシは大きいのを狙うかな。一角兎は的が小さいから、矢が当たりづらいんだぜ」

弓使いのエミリーはそう言いながら獲物を探します。

今では一角兎も楽々と狩れるようになりましたが、最初は散々でした。さすが初心者殺しと言われる魔物です……

マロンたちに手ほどきしてくれたミーシャさんは、今はコウヘイさんたちとともに遠くに行っています。

マロンはコウヘイさんたちを思い浮かべました。

「向こうはぁどうしてぇいるでぇしょうかぁ」

「ですです？」

「アタシは心配していないぞ！」

三人で一角兎の処理をしながら話します。

うぅ、早く帰ってお風呂に入りたいです。

「今日はぁもうぅ、ぐるっとぉ回ってぇ帰りましょうかぁ」

「です！」

「アタシはまだ狩っていないぞ！　でもまぁいいか！」

少し遠回りしながら拠点へ帰る途中、マロンはこの森での暮らしが始まるまでのことを思い返します。

あの時はこんなのんびりとした生活を送れる日が来るなんて思いもしませんでした。

コウヘイさんと出会う前、孤児院から出て冒険者になったマロンたちは、ダンジョンでコボルトと戦っているところでした。

コボルトから投石器で遠距離攻撃が来ます。

ヒュッ！　ヒュッ！

マロンとリィナが手前のコボルトを捌きながら、飛んできた石をメイスと剣で弾き飛ばします。

「ハァハァ、リィナ、もうぅ、腕がぁ、上がらない、ですぅ」

「ハァハァ、です……ハァハァ……」

仲間のエミリーは、他のコボルトからの攻撃ですでに頭から血を流して倒れています。

大量のコボルトに囲まれて絶体絶命。

もうダメかと思ったその時に駆けつけてくれたのが、ミーシャさんとコウヘイさんでした。

「大丈夫かっ⁉」

凛々《りり》しいミーシャさんの声が響きます。

「た、たすけてくださぁいぃぃ！」

マロンは恥も外聞《がいぶん》もなく助けを乞いました。

コウヘイさんたちはお供のゴーレムを連れて、次々とコボルトを狩っていきます。気づいたころには、あれだけたくさんいたコボルトたちは殲滅《せんめつ》されていたのでした。

戦闘が終わると、マロンは真っ先に倒れているエミリーの処置をお願いしました。

リィナはすでにポーションを分けてもらえないか交渉していました。

コウヘイさんが、私たちの依頼に応じてエミリーを介抱してくれます。

その後、マロンたちも傷の手当をしてもらいました。

皆でダンジョンの中を脱出用の転移石《てんいせき》まで早歩きで向かいました。

意識のないエミリーは、コウヘイさんの従魔のゴーレムさんが背負ってくれます。

地上へ戻った瞬間、マロンとリィナは安堵でへたり込みそうになりました。

だけどまだエミリーの処置が終わっていません。彼女をギルドの派出所《はしゅつじょ》にある救護室のベッドに寝かせました。

「それでぇ、お礼のほうなんですがぁ……」

エミリーを休ませた後、マロンは意を決してコウヘイさんたちに切り出しました。

命を助けてもらって、何も返さないわけにはいきませんから。

まぁ、正直出せるものなんてほとんどないので、最悪の場合は体で支払うことも考えなければいけません。

しかし、コウヘイさんからの返答は、マロンが考えているものとはまったく違いました。

「うーん……今度、俺たちの薬草採取に付き合ってもらうってのはどうだ？」

コウヘイさんが相方のミーシャさんに相談しています。

「うむ。まぁ、そんなところでよいのではないか？　互いの都合のいい朝方に、ここの派出所の前で落ち合えばいい」

「じゃあ、それでいこう。なぁ、君たち、お礼の件だけど、今度俺たちの採取の手伝いをしてくれないか？」

コウヘイさんがなんてこともないように答えました。

え？　そんなもので良いんですか？　そう聞き返しそうになるのを抑えて、マロンは答えました。

「分かりぃましたぁ」

「今日はお世話になりました！　です！」

リィナがお礼を言っていました。

次の約束をして、コウヘイさんとミーシャさんが離れていきます。

マロンたちは引きずる足でエミリーの所へ行き、ズルズルとその場にへたり込みました。エミリーが寝ているベッドに、額を押し付けるようにうつ伏せになりました。

「はぁぁ、今日はぁ、もうぅダメかとぉ思いましたぁ」

「ですです……」

顔を上げると、お互いのボロボロの装備を見て苦笑が漏れます。まずはこの装備をどうにかしないといけませんね。

マロンは意識のないエミリーの横でリィナと相談するのでした。

しばらくして、エミリーが目を覚ましました。

「あれ？　アタシは何でベッドに寝ているんだ？」

「もうぅ、エミリーはぁ覚えてぇないんですかぁ？」

「です？」

よく寝たとばかりに上体を起こして、エミリーが両手でゴシゴシと目を擦ります。

「おう！　コボルトたちと戦ったところまでは覚えているぞ！」

「エミリーはぁコボルトの投石にぃ当たってぇ、気を失ったんですよぉ」

「ですです。あれから大変だったです」

マロンとリィナでここまでの出来事を説明しました。

「へぇ、二人でよく無事に切り抜けられたなー」

「それはぁ無理でしたぁ」

「です！　他の冒険者さんに助けてもらったです」

あんなにタイミングよく助けてもらえるとは思いもしませんでしたが。

「そうなのか！　でもお礼とかふんだくられたんじゃないか⁉」

「いえいえぇ、それがぁ……」

「ですです……」

心配するエミリーに、マロンとリィナでコウヘイさんのことを話しました。

「というわけで、薬草採取を手伝ってお返しをすることになったのです！」

「そうなのか！　いいヤツもいるもんだな！」

そうなのです。なので早いところお礼をしないといけません。

まずは装備を整えるところからですね！


コウヘイさんとの出会いを振り返っているうちに、拠点に到着しました。

今はモンタナ商会との取引のために三人で準備をしています。行き先は隣《となり》の開拓村です。

「えっとぉ、この背負籠にぃ反物がぁ入っていてぇ……」

「ですー？」

「ゴーレムはどれをつれていくんだぜっ？」

ああ、そうでした。ゴーレムさんたちはよく畑を整備してくれているのでした。

三体全員はさすがに多すぎるとして……二体いればいいでしょうか？

マロンは倉庫の外に出て、ちらりとゴーレムたちを見ます。畑仕事に精を出しているようでした。

「……えっとぉ、たしかウノさん？　でしたっけ？　マロンたちとぉ開拓村までぇついて来てぇもらえますかぁ？」

スラッとしたウッドゴーレムのウノさんが、力こぶを作るような動作をして頷きました。まるっとしたドスさんがその光景を羨ましそうに見ています。

「ふふっ。じゃあぁドスさんにもぉお願いしてもぉ大丈夫ですかぁ？」

待ってました！　とばかりに何度も頷くドスさん。

ストーンゴーレムのドライさんは黙々と畑仕事を続けていました。

「ドライさんはぁ、お留守番をお願いいぃしますねぇ」

マロンが言うとドライさんは向き直り、拳《こぶし》で胸をトントンと叩くのでした。ついてきてもらうゴーレムさんも決まったところで、皆でお使いです。

明るい森の中の一本道を背負籠を背負ったウノさんを先頭に、マロン、リィナ、エミリー、魔物の素材を背負ったドスさんの順番で歩いていきます。

湖を越えるまでは魔物も出てこないので、和気あいあいとのんびり進みました。

「いぃ天気ぃですぅ」

「ですです♪」

「ほんっと不思議なんだぜっ。なんでここらは獣がいないんだぜ？」

まるでピクニック気分で歩きますが、湖を抜けると少し注意が必要なんですよね。

四腕熊とかいう大きな魔物が出てきたという話も聞きましたからね。

湖を越えてからは言葉も少なく、警戒しながら進みます。

一日ではたどり着けないので、途中暗くなったあたりで野営の準備をします。

夜番の順番決めでは、睡眠時間が中途半端になる真ん中の当番を、マロンが務めました。

一応、三人の中ではお姉さんですからね。

三人の番で夜を乗り切った翌朝、マロンはエミリーに起こされました。

「おはようぅですぅ」

「おはようなんだぜっ。もうリィナは先に起こしたんだぜ！」

見るとリィナは朝の支度をしているようでした。マロンも手早く準備をして。朝の食事を軽くとります。

朝もやがまだ残る森の道を皆で進んでいきます。

「マロンたちぃ、コウヘイさんたちのぉ役にぃ立ってますかねぇ？」

「ですです一？」

「ちゃんとこのお使いをこなせば、役に立てると思うんだぜ！」

それもそうですね。

マロンたちはコウヘイさんたちに少しずつでも恩を返すのです。以前この家にお世話になると決めた時、三人で話しました。


それからしばらく歩いて、魔物との遭遇もないまま、無事に開拓村にたどり着きました。まずは村長さんにご挨拶です。

にぎやかな村の中を進んで村長さんの家へ向かいました。この分だともう商隊は来ていそうですね。

「こんにちはぁ」

「です！」

「こんにちはなんだぜっ！」

リィナとエミリーと一緒に、村で一番大きい家の玄関で挨拶します。

家の中からドタドタと音が鳴り響くと、中から大きな人が出てきました。

この人が村長のマットさんですね。

「おう！　こんにちは！　森の奥から来たのか？　もう商隊が来てるぜ！」

ちらっとお供のゴーレムを見て、マットさんが親指で村の広場の方を指します。

「はいぃ。今日はぁお世話にぃなりますぅ」

「ですー」

「取引なんだぜっ」

マロンたちの言葉を聞いて、マットさんがニカッと笑いました。

「おう！　案内はいるか？」

「大丈夫ぅですぅ」

村長さんに挨拶《あいさつ》したら、早速取引に向かいます。

マロンたちは村の広場に向かいました。

広場に張られたテントには人がたくさん集まってます。

まずはコウヘイさんとよく取引をしている、モンタナ商会のトットさんを探さなければ！

「あれぇ？　いませんねぇ……」

「ですです？」

「あっ！　あそこのテントに入っていくのが見えたんだぜ！」

エミリーの指し示すテントに三人で入ると、トットさんがいました。

「こんにちはぁ」

「です！」

「トットさん、久しぶりなんだぜっ」

マロンたちの呼びかけに、トットさんがこちらに振り向き、微笑みます。

「おやおや。お嬢さん方、これはお久しぶりでやすね。今日はどうしました？」

「はいぃ、コウヘイさんの反物のぉ取引ですぅ」

「ですです」

「外のゴーレムが持ってるんだぜっ。あと、魔物の素材も見てほしいんだぜ！」

「そうでやすか。そしたら中で拝見させていただきやしょう」

トットさんの言葉を聞いて、エミリーがテントの外にパタパタと走っていきました。

年少のエミリーがなんだか張り切ってますね。

すぐにテントの中に背負籠を背負ったウノさんとドスさんが入ってきます。

「こいつぁまた立派なゴーレムだ……」

トットさんも驚いているようです。

「コウヘイさんがぁ作ったんですようぅ」

「ですですー！」

「トットさん、反物はこっちだぜ」

ウノさんに背負籠を下ろしてもらい、中からエミリーが反物を取り出します。

「へい。確かに。前回と同じでやすね？」

「はいぃ、そう聞いてぇますぅ」

「です」

「魔物の素材はどうしたらいいんだぜ？」

エミリーがドスさんの背負籠を見ながら問いかけます。

「そうしやしたら、こちらのテーブルに広げてもらえやすかい？」

「分かったんだぜ！」

ドスさんにも背負籠を下ろしてもらい、三人で手分けして運びました。結構溜まってますね。

テーブルから溢れそうでした。

「これは……ちょっとお時間いただきたいでやすね。お買い物がおありでしたら相殺《そうさい》できやすが？」

「はいぃ、調味料やお塩がぁ欲しいですぅ」

「ですです」

「ここはアタシとドスで見ておくんだぜっ。二人とウノで買い物を頼むんだぜっ」

エミリーの言葉に甘えてマロンとリィナは買い物を済ませることにしました。

何か珍しい調味料なんかがあれば、コウヘイさんが喜んでくれるかもしれませんね。

第四話　元凶を探ろう！

俺――コウヘイは、初日のうちに診療所の重症患者を治し終えることができた。

二日目以降は比較的軽症の人たちを治して回った。

こっちは俺にとっては簡単なもので、手を握って大地の力を流すだけだ。

治療の後のお礼三昧《ざんまい》の対応の方が疲れたくらいだな。

そこから三日もしたら、あらかた処置は終わった。

満員だった診療所も今ではスカスカだ。いいことだな。

そしてエルフたちを治し終えた今日は、木の汚れを何とかする予定だ。

最初に神樹へ赴《おもむ》いた。見上げると相変わらずでかい。

てっぺんなんか全然見えないもんなぁ。

こんだけでかい木なんだから、他の場所からでも見えそうなものだが、一定の距離からは見えなくなるそうだ。兵士たちが結界が張ってあるのだと教えてくれた。

部外者の俺にそんな話をしていいのか？　と思わないでもないが、治療したことで完全に信用してくれているみたいだ。

神樹の麓へ到着すると、俺は手を幹につけて大地の力を流した。

以前森の木に大地の力を流した時は、木が成長したんだよな。これ以上大きくなって平気か？

木からポロポロと汚れが落ち、空中でかき消えた。

ぱっと見はこれ以上成長していないようだし、たとえ大きくなったとしても外からは見えないと言っていたから、問題ないだろう。

しかし、これを全部見て回るのは大変だなぁ。

何とかならないか？

いくらなんでも、神樹の森の木を一本一本回ってたら、何日もかかってしまう。

そこで俺は、広範囲を探査して、周辺の木々にまとめて大地の力が伝わるように念じる。

ぐおっ！　キツい！　温泉を作った時と同じくらい力を流し込んでいるせいで、鼻血まで出てきた。

ポワンッポワンッと木が連鎖して同心円状に光っていく。

どうだ？　手応えとしては、町の塀周辺まで大地の力を広げられたと思うが。

周辺の木を見回すと、汚れが落ちて、なんだか神々《こうごう》しい雰囲気が漂っていた。

これが本来の神樹の森の姿か。

そんなことを思いながら、俺は生活魔法の水球《すいきゅう》で鼻血を洗い流した。

それにしても、俺がやっていることって結局対症療法でしかないんだよなぁ。治療法がまったくないって状況よりは何倍も良いんだけどさ。俺が帰ってからまた魔障が流行《はや》ったら、目もあてられない。

一人の人間に頼ったやり方ってのは、どこかで破綻《はたん》するからな。

一応乗りかかった船だし、再発しないように最後まで面倒を見てやりたい気持ちはある。

「なぁ、ティファ。そもそもこの魔障ってのは一体なんなんだ？」

「はい、マスター。魔障とは、異物の魔力が体内で拒否反応をした結果現れる症状のことです」

ふ〜ん。異物の魔力か。でもそんなもの一体どこから来ているんだ？

辺りを見回すが、綺麗な森が広がっているだけだ。

そう言えば、アルカも神樹の森を中心にって言っていたよな。

あの時、俺はたしか、それなら中心の神樹が原因なんじゃないかと考えた。

だとしたら、神樹本体もこうして治療したし、大丈夫なのか？　それだとありがたいが。

俺が考えごとをしていると、神獣に乗ったノーナたちがやって来た。

「ウォフッ」

「あう！」

その隣にはミーシャ、そしてビッグ・コッコの家族も一緒だ。

「コウヘイ、どうだ？　少し前に森の木が綺麗になったのを確認したが」

「まぁ、なんとか、ね」

「ふむ。歯切れが悪いな。何かあるのか？」

首を傾げるミーシャに、俺は自分の心配事を話す。

「ああ。俺たちが帰った後にまた同じことにならないかと思ってな」

「うむ。確かに。しかしそれはいずれ去る我々が心配しても、どうにもなるまい」

「そうなんだけどな？」

俺は神獣の首をワシワシと撫でる。

「お前はどう思う？　元凶に心当たりないか？」

そして声をかけると、神獣が一吠《ひとほ》えした。

「ウォフウォフッ！」

ん？　何か知ってるのか？　神獣は俺を鼻面《はなづら》で押してから、ついて来いと言うような仕草をして前を歩き出す。

俺とミーシャは顔を見合わせた後、神獣の後についていった。

神獣に導かれてやってきたのは、神樹の入り口の反対側。

そこにも大きな門が構えられている。

その門の脇には歩哨《ほしょう》が立っていた。

「ん？　なんだこの入口は？　あの～、兵士のお兄さん、この中には何があるんですか？」

「おお！　コウヘイ殿ではないですか。ここは練兵《れんぺい》の間《ま》になります。一般には開放しておりません」

中には入れないのか。

俺がちらりと神獣を見ると目が合った。

そして神獣が地面を掘り出す仕草をした。

「ウォフウォフッ！」

「あうー！」

神獣の背に乗ったノーナも何か言いたそうだ。

……そうか！　地下か！　地面の下に原因があるってことなのか？

俺は大地の力を地面に流して、探査を開始した。

範囲を広げるより、深く真下に浸透するように意識する。

……見つけた！　多分コレだ……治療して回った時と同じ魔障の感覚。それをさらに凝縮《ぎょうしゅく》したような塊が、地中深くにあるのを感知した。

多分、この塊が発する魔力が神樹を伝わり、人へと影響を及ぼしていたんだろう。

俺たちは急いでアルカを探すと、このことを伝えてから、地下に行きたいという話をした。

アルカは顎に手を当てて言う。

「はい、あなた様。確かに練兵の間は地下深くに通じていますが、関係者以外が立ち入るには叔母上に相談しないといけません」

「それなら女王に話してみよう」

俺はアルカに案内してもらって、女王のもとに向かうことにした。

今度は謁見の間ではなく、応接間のようなところだった。

女王が俺の顔を見るなり、手を振る。

「おお！　コウヘイ。そちのおかげで皆の調子もすっかり良くなった。森の木々も生き返ったようじゃ。以前の姿を取り戻しておるぞ」

「はい。女王様もご機嫌麗《きげんうるわ》しゅう」

俺は不慣れな敬語で対応した。

「して？　今日はどうしたのじゃ？」

「はい、叔母上。コウヘイさんが此度の魔障の原因がこの神樹の地下にあると突き止めました。ひいては原因排除のため、練兵の間に立ち入る許可をいただこうと」

「なに⁉　原因が分かったじゃと⁉　むむ、それで練兵の間か……うむ。ここは一つ許可を与えよう。皆必ず無事にもどるのじゃぞ？　しかし、下層に行ったことのある者は皆、周囲の森に警戒に出ておってな……アルカちゃんの案内があれば、途中までは行けるはずじゃな？」

なんだ？　練兵の間ってのはそんなに物騒なところなのか？

女王の許可をもらった俺は、さっそく練兵の間から地下に潜ることにした。ミーシャ、ティファ、アルカとゴーレムのアインとツヴァイ、スライムのルンも一緒だ。

ノーナは神獣とお留守番だ。

かなり深いところに潜ることになるので、中で何日か泊まることを見越して、準備を済ませる。

それから俺たちは神樹の裏手に回り、練兵の間の入り口を目指した。

裏手の門に到着すると、先ほど声をかけてくれた歩哨がこちらに気付いた。

「これは巫女様、こんなに大人数でどうしました？」

「はい、これから練兵の間に潜るので、ここに来ました。叔母上の許可はもらっています」

アルカが答えた。

「はっ。付き添いは必要ですか？」

「いえ、それには及びません。ありがとう」

歩哨がアルカに一礼して、練兵の間の扉を開けた。

ギギギギッと木が軋《きし》むような音を立てる。

「これは……」

中に入ると、ティファが眉間にシワをよせているように見えた。

何かに気付いたのだろうか。

「お戻りの際は中から呼びかけてください」

兵士がそう言って、入り口の門を閉めた。

辺りに静寂《せいじゃく》が訪れる中、俺はティファに声をかけた。

「ティファ、どうした？　何か問題あったか？」

「はい、マスター。この空間は紛れもなくダンジョンです」

ティファが周りを見回しながら、表情を変えずに言った。

なんだって!?

俺がアルカに視線を移すと、彼女が口を開いた。

「あなた様、実はこの神樹はダンジョンの上に生えています。そして練兵の間とはダンジョンのことなのです」

そうだったのか！　ダンジョンを利用して兵士を鍛えていると考えると、なかなか理にかなっている。

「このことは機密事項《きみつじこう》なので、くれぐれも誰にも言わないでくださいね」

アルカが口元に指を立てて言った。

まぁ、いちいち言いふらすような奴はこの場にいないと思うが、念のためということだろう。

しばらく進むと、スティンガーのダンジョンでも見たことのある大きめの石が、台座に設置されているのを見つけた。

転移石だ。薄暗い木の洞《うろ》のよう空間で、鈍《にぶ》く輝いていた。

「あなた様。まずはアルカが行ったことのある階層、五階層まで行きます。皆さん私に触れてください」

アルカはこのダンジョンに来たことあるのか。転移石に手を置いたアルカに皆で触れる。

「五階層へ。転移」

軽い浮遊感があったと思ったら、一瞬で景色が変わる。

五階層は森林地帯のようだった。

俺が辺りを見回していると、ティファは転移石に触れたまま難しい顔をしていた。

「なぁ、アルカ。ここのダンジョンは全部森なのか？」

「はい、あなた様。十階層までは森が続くと聞いています」

なるほど、スティンガーのダンジョンとは構成が違うようだ。俺は大地の力を流して探査を広げた。

地下に下りる階段を探さないとな。

探査のおかげで、すぐに何カ所かそれっぽい場所がヒットした。

「階段っぽいところがいくつかあるのを察知した。とりあえず近場から行ってみるか？」

「いえ、行き止まりの階層もあると聞きます。私が地図を持っているので案内します。こっちですね」

話もまとまり、出発する時になっても、ティファは相変わらず転移石に触れたままだった。

「ティファ！　難しい顔をしてどうした？　転移石に何かあるのか？」

「はい、マスター。ハックしようとしたのですが、失敗しました」

ティファは転移石を利用してショートカットしようとしていたようだった。

確かにそれができれば楽だったが、無理ならば仕方ない。

気を取り直して、アルカの案内で先へと進んでいく。

だが途中で、俺たちは魔物の妨害を受けた。

鑑定すると、グリーンジャッカルという集団戦闘が得意な魔物ということが分かった。

先手必勝とばかりにミーシャが短剣を振る。

相変わらず、彼女は身のこなしが速い！

一撃で首を落とされ、先頭のグリーンジャッカルは沈黙した。やるなぁ。

俺も負けじと、ショートソードで袈裟《けさ》斬りをお見舞いする。

刃はこちらに向かってきたグリーンジャッカルの首筋に見事にヒットした。

そして倒されたグリーンジャッカルたちがザァッとドロップアイテムに変わった。

ドロップしたのはジャッカルの毛皮だった。

エキゾチックな柄だな。元の世界なら関西のおばさんあたりが着ていそうな派手さだ。

アインとツヴァイも俺たちが戦っている間に敵を殴り飛ばしていた。

アルカも矢を放って応戦している。

ティファを横目で見ると、アイスアローで敵を倒していた。

前も思ったが、魔術の発動が早い。ティファの戦いぶりを俺はジッと観察した。

スライムのルンも敵の足を引っかけたり、口元を覆ったりと、着実に敵の戦力を削《そ》いでいた。

……全部倒し終えると、結構な数の毛皮が手に入ったので、畳んでアインの背負籠に入れる。

この先のことを考えると、避けられる敵は避けて体力を温存したほうがいいよな。

今はまだ余裕だけどさ。

皆と相談して、魔力探査を使って可能な限り接敵しないように進むことになった。

極力敵を避けて進んでいくうちに、下の階層へと続く階段が見えた。

六階層もアルカの言う通り森の階層だった。

彼女の地図を頼りに進む。

「止まれ」

先を歩いていたミーシャが鋭く言い放った。

何かを警戒しているようだ。

「どうした？　ミーシャ」

「うむ、コウヘイ。トレントだ。一応避けていくか？」

トレントは確か木の魔物だよな。

倒すと魔石や上質な木材を落とすと聞いたことがある。

遅いながらも木の根っこで移動できるみたいだが、こっちのスピードに追い付くことはないだろう。回り込めば十分回避できる。

「そうだな。避けながらここを抜けていこう」

七階層以降も同じようにして進んだ。

ジャッカルやウルフとは、出くわさないように注意しつつ移動し、接敵したら戦った。

そしてあっという間に十階層までやってきた。

ここは今までと違い、森の中の一本道を進んだ先に広場がある。

いわゆるボス部屋だ。一本道の出口あたりから広場の様子を窺うと、中央には何やら黒っぽいものが寝そべっていた。

目を凝《こ》らしてよく見ると、タイかどこかの寝仏《ねぼとけ》のように向こう側を向いて寝ている大きな動物だった。

こちらからは顔が見えないので、何かは分からないが、時折自分のケツを掻《か》いていて、妙におっさん臭い。

とにかく鑑定だな。

名前：怒髪大熊猫《どはつパンダ》
説明：だいたい怒っている。

ふむふむ……って、パンダじゃねーか！

しかもあんなにのんびり寝ているくせに　怒ってるの⁉

「……なぁ。鑑定で怒髪大熊猫って出たんだが、誰か知っているか？」

俺が尋ねると、アルカとミーシャが反応した。

「はい、あなた様。たまに神樹の森の外で確認されます。四腕熊の上位種ですね」

「ミーシャは名前しか聞いたことがないな」

「マスター。怒髪大熊猫は召喚コストに対して、それなりの働きをしてくれるので、中ボス格としては最適かと」

四腕熊の上位種⁉

ティファの情報はダンジョン運営視点だな。

結局、弱点とかは分からずじまい。

これは四腕熊を倒した時のようにアインたちに攻撃してもらっている隙に、俺の大地の力で拘束《こうそく》するしかないかな？

でも上位種相手にできるか？　……まぁ物は試しか。

俺は皆に作戦の相談をする。俺が拘束している間にミーシャにトドメを刺してもらう段取りだ。

アルカとティファには念のため後方からの援護をお願いした。ルンは待機だな。

作戦が固まったところで、アインとツヴァイを先頭に広場へと侵入！

俺たちの気配を察知したのか、気だるそうに怒髪大熊猫が立ち上がる。

直立した怒髪大熊猫は三メートルほどあり、威圧感《いあつかん》が半端ない。

でかい！　四腕熊の上位種なだけあって、サイズも一回りは違うな。

黒っぽい毛皮に、赤い模様――いや、赤い毛皮に黒い模様かもしれない――が入っていた。脚が全部で六本なのも同じだ。顔には隈取《くまど》りのような模様《もよう》が入っていて、それがより威圧感を強めていた。いや、だいたい怒っているから関係ないのか。カルシウム取りなよ――

「グァフッ！」

苛《いら》ついたように怒髪大熊猫が威嚇《いかく》の声を上げる。

間髪容《かんはつい》れずにアインとツヴァイが前へ出た。

ズガァン！　アインの右フックが炸裂《さくれつ》する。

向かって左側に怒髪大熊猫が吹っ飛ぶと、待ち構えていたツヴァイが追い打ちとばかりに殴りつける。

アインとツヴァイに交互に殴られ、投げられて、ピンボールゲームみたいに飛ばされ続ける怒髪大熊猫。

「オ、オゴッ」

よし、怒髪大熊猫が怯《ひる》んだ。体を前に屈《かが》めて頭を振っている。

地面には爪を立てて引きずった跡が残っていた。

今だ！

俺は好機とばかりにサッと手をつき、大地の力を流す。

ズモモモモッと地面が動き、怒髪大熊猫の足元から肩口の辺りまで覆い尽くした。

「グオォッ!?」

おしっ！　このまま拘束するぞ。

「オゴナノォォォォッ！」

メキメキメキッと土の拘束が悲鳴を上げた。

このままでは拘束が破られそうだな。俺は負けじと大地の力を流し込む。

力を使いすぎたのか、汗がたらりと垂れ、胃がせり上がってくる感覚に襲われた。

「ぐむむ……ミーシャ！　いけるか!?」

「うむ。任せておけ」

頼もしい返事とともに、ミーシャがザッと前へ駆けた。

怒髪大熊猫の首筋に二本の短剣を突き刺している。

彼女は短剣をすべらせると、後方に跳躍《ちょうやく》した。

……どうだ？　俺は拘束を強めたまま怒髪大熊猫を観察する。

「オ!?　グォ！　オゴッ」

ミシミシと音を立てながらしばらく身動《みじろ》ぎしていたボスだったが、少し待つとドゥッと倒れて、ドロップアイテムへと変わった。

同時に宝箱も出現する。

「ふぅ～。やったな！」

俺は流れる汗を右腕で拭った。

「うむ」

「あなた様、私の出番がありませんでした……」

ミーシャが満足げに頷き、アルカが申し訳なさそうに言った。

「マスターならこのくらい当然です！」

ティファが自分のことのように誇らしげに言うと、ゴーレムのアインとツヴァイもウンウンと同意していた。

意外とあっさり倒せたな。まぁ四腕熊で同じことをやったから、なんとかなるとは思ったけどさ。

さて、ドロップアイテムの確認をしますか。

大熊猫が落としたのは魔石と毛皮、それから爪だった。

最後に出てきたお楽しみの宝箱の方は？

俺が近づくと、ミーシャに呼び止められる。

「待て、コウヘイ。宝箱には罠《わな》がある場合があるぞ」

危ない危ない、まずは鑑定しなくては。

名前：階層ボスの報酬
説明：罠なしの宝箱。

罠はないみたいでよかった。
「ミーシャ、大丈夫みたいだ」
「うむ。それならコウヘイが開けていいぞ」
宝箱を開けてみると、ズラリと色々な物が入っていた。
ひとつひとつ順番に出していく。

名前：アンガー・ナイフ
説明：怒りの感情を込めると切れ味が増す。

名前：レッド・サークレット
説明：魔力、集中力アップ。

名前：冥闇《めいあん》の指輪《ゆびわ》

説明：陰の魔力アップ。冥闇球を作り出す。

名前：灼熱《しゃくねつ》の盾《たて》

説明：火属性の攻撃を半減。

それ以外はポーション類だった。

それにしても、かなりのアイテム量だ。こういうのはワクワクしてくるな。

「ミーシャ、どうやって分配しようか？」

「うむ。とりあえず、各人欲しい物を取っていけばいいのではないか？　かぶったら話し合おう」

「了解」

俺はそう応えてから、アイテムの名称と性能を説明していく。

ミーシャは短剣を、アルカはサークレットを手に取った。

「ティファはこの指輪なんかいいんじゃないか？」

「はい、マスター。では、それをいただきます。ワタシの指に嵌《は》めていただけませんか？」

そう言ってティファは左手を差し出してきた。

え？　……えっ⁉

俺は疑問に思いつつも、ティファが出してきた薬指に指輪を嵌める。少し大きかった指輪がニョキッと縮んでぴったりになる。

今さらながら、この世界に元の世界と同じ風習はないよな⁉

チラリと周りを見ると、ミーシャとアルカは無言でその行為を見つめているだけだ。

何も言わないのが逆に怖い！

ティファはといえば、ニコッと今まで見たことがない笑顔をこちらに向けるのだった。

十階層でボスを倒した俺たちは、その広場で一泊することにした。

ダンジョンコアに詳しいであろうティファに確認を取ったら、ボスがいないボス部屋に他のモンスターは入ってこないとのことだった。

一応、夜の番を設けつつ、俺たちは休むのだった。

そういえば、中身を回収したら、宝箱はその場から消えてしまった。

一体どんな仕組みなんだ？


夜が明ける。不思議なもので、ダンジョン内にも昼夜がある。どういう仕組みかは知らないが、太陽のようなものと月のようなものが空に浮かんでいるんだよな。

ちなみに、この世界では月が大小で二つある。

ダンジョン内でもその月が再現されているみたいだった。

宝箱から回収した残り物の盾は俺がもらい、ゴーレムのアインに持たせてある。これで頑丈なアインがさらに硬くなるぜ。

朝の準備を終えると、俺たちはダンジョン探索を再開した。

転移石の間を通り抜け、俺たちは下の階層へ向かう。

十一階層は竹林が広がっていた。

あれか？　ボスがパンダだったから、その繋《つな》がりか？

俺はそんな益体《やくたい》もないことを思いつつ、アルカに道を尋ねた。

「この先はどう行けばいいんだ？　地図は何階層まで書いてある？」

「はい、あなた様。こちらになります。最下層まで載っているので、この通りに進んで問題ないかと」

それなら安心だな。アルカに続いて、俺たちはダンジョンを進む。

道中、キラーマンティスというモンスターが現れた。

見た目はでっかいカマキリだ。性格が獰猛《どうもう》で、スッと音もなく近づいては両手の鎌《かま》で攻撃してくるらしい。体高は俺より少し高めだ。

キラーマンティスが逆三角形の顔で俺たちを見下ろしてきた。

どこを向いていても目があっているような感覚に襲われる。

虫の視界がどうなっているのか分からんが、おそらく相当広く捉えられるのだろう。

時折チキチキッと鳴くと、鎌を伸ばしてくる。

リーチがかなり長く、迂闊《うかつ》に懐《ふところ》に潜り込めない。

俺がどう攻めるか考えていると、アインとツヴァイがいつものようにてくてくとキラーマンティスに近づいていく。

そのまま鎌の攻撃もお構いなしに殴った。

吹っ飛んだキラーマンティスが、ギギギとひしゃげた体を起こす。

だが、いつの間にか近くにいたスライムのルンが、キラーマンティスの視界をその体で覆い尽くした。

さらにその隙を逃さず、ミーシャが駆け寄ってキラーマンティスの首を刎《は》ね飛ばす。

魔石と二本の鎌がドロップした。

「ミーシャ、ナイス」

「うむ。ここまでお膳立《ぜんだ》てされればな」

ミーシャが苦笑しながら言う。

ドロップアイテムをアインの背負籠へと詰め込み、俺たちは先を急いだ。

最初と同じように極力戦闘を避けながら進み、十五階層までやってきた。

「ふむ。ここで草原か。パッと見ても中級ダンジョン以上はありそうだな」

ミーシャが前方を眺めながらそう言った。

俺が今まで行ったのは、スティンガーのダンジョンの初級だけなので、とりあえず分からないままに俺は頷いた。

そのうち中級や上級にも挑戦したいものである。

この層にはコカトリスとグラスピッグという魔物が出るようだ。

わざわざ交戦する必要はないので、魔物の周辺を避けて先を急ぐ。

この層はほぼ牧場だな。スティンガーのダンジョンに似ている。

そして再び現れる十六層からの竹林の階層を抜けて、ついにボス部屋がある二十階層に到着した。

竹林を進むと、一本道の先に広場が見えた。

広場の入口から中を覗いてみると、今度は中央で胡座《あぐら》をかき、腕を組んで目をつぶっている大男がいた。

名前：ブルーオーガ
説明：かなり硬い皮膚《ひふ》を持つ。

ほうほう。オーガとな。

人型の魔物だ。結構強そうに見える。

「ブルーオーガだってさ。皮膚が硬いらしい」

「ふむ。レッドオーガなら狩ったことはあるぞ」

「あなた様、我々ならば問題なく倒せる相手かと」

「マスターの力なら余裕です」

ミーシャが事もなげに言って、アルカとティファが続いた。

俺から見たら、ブルーオーガはかなり手強《てごわ》そうに見えるのだが、皆は落ち着いていた。

「足を拘束してアインとツヴァイに殴ってもらうか？　それとも次期男爵の時みたいに地中に埋め

るか……」

俺は顎に手を当てて、作戦を考える。

「う、うむ。結構えげつないのだな、コウヘイ」

「容赦《ようしゃ》ないのですね……」

若干、ミーシャとアルカが引いているみたいだった。

「マスター。力は使ってなんぼですよ」

ティファだけは俺の意見に共感していた。

「じゃあ、拘束した後は各々その場の状況に合わせて……」

「うむ、それがいいだろう」

他の皆も頷く。

アインとツヴァイを先頭に、俺がすぐ後ろに続く。

俺たちが広場に入った瞬間、ブルーオーガが目を開けてゆっくりと立ち上がった。

近くで見ると、やっぱりなんか強そうだ。強者の雰囲気ってやつだな。

ザザッと広場の中央でブルーオーガと、アインとツヴァイが睨《にら》み合《あ》っている。

その隙に、俺が地面に手をついて大地の力を発動。このまま首まで埋めてやる！

アインとツヴァイに気を取られて、ブルーオーガの対応が遅れた。

ズモモモモッと地面に埋もれていくブルーオーガ。

「ウボァッ!?」

ブルーオーガの足が地面に沈み込んでいく。

足を引き抜こうとしているが、俺が埋める方が早い。あっという間にブルーオーガは首だけを地面から出した状況になった。

「ウッ！　ウボァッ！」

奴は首を左右に振って抜け出そうとしているが、俺が力を注いでいる間は無理だろう。

するとルンが俺の頭からスルッと降り、ブルーオーガの顔をその体で覆った。

「ゴボッ！　ゴバァ!?」

元から青色だったブルーオーガの顔色がますます悪くなっていく。

しばらく痙攣したかと思えば、ブルーオーガはドロップアイテムに変わったのだった。

そして討伐完了とともに、報酬の宝箱が出現する。

俺はドロップアイテムに変わったブルーオーガがいた場所を見た。

そこには嬉しそうにみょんみょんと上下運動するスライムのルンの姿があった。

「よしよーし。偉いぞルン！」

俺はルンを抱き上げて撫でてやる。

「「「……」」」

無言で俺とルンのじゃれ合いを見るミーシャ、アルカ、ティファ。

ミーシャは口が半開きだった。

俺は気にせずルンをひたすら撫で回す。よしよしよーし。

「むう。ミーシャの出る幕がなかったな」

頬を膨《ふく》らませるミーシャに続き、アルカとティファも不満げにこちらを見る。

「私も見ているだけでした……」

「マスター、出番を所望《しょもう》します」

「いや、そうは言ってもだな……倒せる人が倒せばいいんじゃないか？」

俺はルンを抱き上げたまま頬をポリポリとかく。

お使いを一人でこなした幼子を見る目で、俺はルンを見つめた。

「とりあえず、お手柄だ。ルン」

さて、報酬、報酬、と。

今回のドロップアイテムと宝箱は何かなー？　と、俺はいそいそと確認に向かった。

いまだ納得できていない三人がジトッとした目で見てくるが、それは気にしない。

ブルーオーガのドロップは魔石と角、皮だった。

オーガの皮なんて何に使うんだろうな？　丈夫なんだっけ。

ひとまずそれらを回収して、アインの背負籠へ詰め込んだ。

それから宝箱に鑑定を使う。

名前：階層ボスの報酬
説明：罠・毒矢。

おっと。この宝箱は罠があるみたいだ。

「ミーシャ、今度は罠付きだった」

「うむ。まかせておけ」

さすが銀級冒険者のミーシャだ。罠の解除もお手のものといったところか。

カチャカチャと音を立てて、何やら小さな道具で宝箱をいじっている。

それほど時間を空けずにカチャリという音が響き、続いて何かが嵌まるガチン！　という音が聞こえた。

「うむ。弓の仕組みを解除した。これで開けられるはずだ」

ミーシャが宝箱を開けると、俺は横から覗き込み、すかさず中身を鑑定していく。

名前：水《みず》の羽衣《はごろも》
説明：耐熱装備、熱を遮断する。四枚入り。
名前：アイスガントレット
説明：耐熱装備、熱を遮断する。
名前：豪炎《ごうえん》の指輪《ゆびわ》

説明：火の魔力アップ。火矢を作り出す。

それ以外にいくつかのポーション類が入っていた。

「この水の羽衣ってのは、ちょうど人数分あるな？　この先で使うのか？」

「うむ、そうかもしれんな。これは一人一枚として、他の分配はどうする？」

ミーシャの言葉を聞いて、俺は考えた。

残りはさっきと同じような指輪と、俺たちの中には使用者がいなさそうなガントレットだ。

「希望はあるか？」

「ミーシャは指輪がいいな」

「私も指輪がいいです！」

俺が声をかけると、ミーシャとアルカが真っ先に手を挙げた。

「ワタシは今回は大丈夫です」

ふむ。指輪がかぶったか。

「ミーシャ、どうする？」

「うむ。色々あるが、今回はコインで決めよう。二人だけだしな」

ミーシャがゴソゴソと銀貨を取り出す。

「コウヘイが投げてくれ。表と裏で決め合うのだ」

「では、私は表で」

「ふむ。ミーシャが裏だな」

アルカとミーシャが宣言した。

俺はミーシャから銀貨を受け取る。

「ほんじゃ、いくぞ！」

銀貨を上に放る。コイントスだ。

チンと音を立ててクルクルと舞う銀貨を、手の甲でキャッチする。

銀貨は――表だ！

「表だな。じゃあ指輪はアルカってことで」

「はい。では、あなた様が嵌めてください」

アルカが左手の薬指を差し出してくる。

ティファの時の流れとまったく同じだ。

「ぐぬぬ」

ミーシャはなぜか口惜しそうに眺めていた。

勝ち誇った顔をするアルカと、二人のやり取りを余裕そうに見るティファ。

やっぱり何かこの世界でも特別な意味があるのか、これ？

俺は疑問に思いながら、若干ドヤ顔のアルカの指に、赤い色の石があしらわれた指輪を嵌める。

「コウヘイ！　次の階層のボスは、ミーシャも戦うぞ！」

ミーシャが若干鼻息荒く言った。気合が入っているようだ。

「おう。もう遅いから、また明日な」

そろそろ夕方だ。俺はいそいそと野営の準備を始めた。

今日もボス部屋で一泊だ。残ったアイスガントレットはツヴァイに装備させた。

第五話　ゴーレムとの激闘

翌日、俺たちは朝の準備を済ませると、ボス部屋を出た。

転移石が設置してある部屋を通り抜け、下の階層へ向かう。

二十一階層からは洞窟型《どうくつがた》のダンジョンのようだった。ここからは木々もなくて、俺の大地の力でショートカットできないので、地道に進んでいくしかない。

探査範囲の広いミーシャ、案内役のアルカと続き、ティファ、俺、アインとツヴァイという並びで進んでいく。

なるべく戦闘は避けたいが、洞窟という構造上道幅が狭いので、なかなかそうもいかない。

さっそく、中型犬サイズでアースラットというハリネズミ型のモンスターたちと接敵した。

ミーシャが切り込み、アルカが戦闘開始早々端に避けて、射線を確保した。俺も前へ出てショートソードを振るう。ティファは魔術で後方から援護してくれていた。

アースラットのドロップアイテムは、魔石と針だ。結構太いな、この針。

一つ階を下りると、今度はアースゴブリンたちが登場した。

今さらゴブリンかよと思ったが、なかなか侮《あなど》れない。

盾持ちの前衛が前を固め、後方から後衛が魔法を飛ばしてくるのだ。

フォーメーションがしっかりしていて、なかなか崩しづらい。

これにはアインとツヴァイを前面に押し出して対処した。

俺たちはアースゴブリンの前衛を崩し、連携を相手に取らせないように立ち回る。

崩れた前衛の隙間を縫《ぬ》って、後衛を先に倒す。

ミーシャと俺が切り込み、アルカも矢で狙っていく。

ティファの援護も働いて、アースゴブリンたちを殲滅《せんめつ》できた。

ドロップアイテムは魔石とアースゴブリンの肉、それから運よくレアドロップのアースゴブリンソードを手に入れた。

剣は良いけど、ゴブリン肉は渋《しぶ》いなぁ。全部ルンにあげちゃおうか。

アースゴブリンソードはミーシャが使うには長すぎたので、俺がもらった。

俺とはそれなりに相性が良かったらしく、大地の力で変形させることができた。

これで初期から使っていた岩製のショートソードとはおさらばだな。

俺は装備を取り替え、ショートソードをツヴァイの背負籠の中へしまう。

その後の敵には手こずることもなく、途中何度か戦闘をはさみつつ、二十五階層に到着した。

ここも平原の環境層だ。

「ここはグリーンカウやビッグシープなどが出るみたいですね」

アルカが地図を見ながら言った。

「どうする？　まだ食料に問題はないけど、少し狩っていくか？」

「うむ。少しならいいのではないか？　先を急いでいるとは言え、ここから先は難易度も上がるはずだ。食料の蓄《たくわ》えは多いほうが良かろう」

ミーシャの提案に頷き、俺たちは少し食肉を補充していくことにした。ゴーレムに正面から組合ってもらって、その隙に脇から首筋を狙う作戦だ。

アインとツヴァイを二手に分けて魔物の方へ差し向ける。俺とティファとアイン、ミーシャとアルカとツヴァイというチームだ。

ティファとアルカには岩製のショートソードを渡しておいた。

最後に仕留める用だ。

俺はティファとアインを連れてグリーンカウのいる方へ向かう。

その間に、俺はティファに気になっていたことを聞いた。

「なぁ、ティファ。ここのダンジョンコアとは知り合いじゃないのか？」

「何回か通信を試みましたが、返信はありませんでした。ここのダンジョンにはすでにマスターがいるから、その支配下にあるということなのか、もしくは通信できない状況なのかも知れません」

そうなのか。そんなことを話している間に接敵した。

「アイン、頼む」

アインは頷くと、グリーンカウを迎え討つ。

向かってきたグリーンカウの角をガシッと両手で捉えて、アインが押さえつける。

「ヨシ！　今だ！」

俺とティファが両脇からグリーンカウの首筋を切った。

程なくして、グリーンカウは魔石とドロップアイテムの肉へ変わった。

ちなみにグリーンカウは毛皮がグリーンなだけで、肉はちゃんとピンク色だ。

アインの背負籠へドロップアイテムを積み込み、その後も三匹のグリーンカウを狩って、ミーシャたちと合流した。

「ミーシャ、そっちはどうだ？」

「うむ。ビッグシープ二匹とグリーンカウ一匹を狩ったぞ」

「こっちはグリーンカウ三匹だ。まぁ十分かな。そろそろ下の階層に向かうか」

「うむ。そうしよう」

再びアルカの案内で先へ進む。

二十六階層からはまた洞窟だった。

新たに出現したのは、グランドオークという、オークの亜種だった。こいつも魔石と肉をドロップする。

一瞬、ここで肉を確保すればよかったかと思ったが、グリーンカウの方が美味《うま》そうな肉なので、さっき狩っておいてよかったと思い直した。

味もモチベーションには大事だよね。


洞窟の攻略にも慣れてきたころ、俺たちは三十階層に来ていた。

でっかい門が行く手を阻《はば》んでおり、門にはなにやら精緻《せいち》な彫り物がしてある。先ほどまでより雰囲気があるな。

「ここはどんなボスが出るんだろうな」

俺が門を前にそう言うと、アルカが反応した。

「はい、あなた様。情報では大きな岩のゴーレムが出るようです」

「む、ゴーレムか。それではミーシャの出番はあまりないかも知れん」

ミーシャが少し困ったように言った。

アインとツヴァイを先頭にして、でっかい門を開く。

ギギギギッと軋むような音が響いた。

奥には巨大なゴーレムが、片膝立《かたひざだ》ちで俺たちが入ってくるのを待っていた。

俺はすかさず鑑定をかける。

名前：ビッグロックゴーレム
説明：岩製のゴーレム。とても大きい。

見りゃ分かるとしか言えない鑑定結果だ。

まぁ、簡易鑑定だし、あの適当な少年の神様がくれたものだからなぁ。

俺はちょっと遠い目をする。

部屋の中に入ると、入り口の門がゴゴゴと音を立てながら、ひとりでに閉まっていく。

おいおい。退路が塞《ふさ》がれたぞ！

俺は再び視線を戻す。部屋の中はゴーレムが立っても余裕なほど天井が高い。もう部屋って規模じゃないな。

盾を構えたアインが前へ出ると、相手のゴーレムが腕を振るってきた。

ズガァァァァン！

もの凄い音とともに、地面が軽く揺れる。

おいおい、アインは大丈夫か？

ギリギリとビッグロックゴーレムの腕が唸《うな》る。

アインは盾で受け止め続けるが、足元の地面にはヒビが入っていた。

膠着《こうちゃく》している間に、俺たちはビッグロックゴーレムに攻撃を繰り出した。

ツヴァイがガントレットをつけた腕で殴り、ミーシャが相手の膝関節の後ろを斬りつける。

だが、さすがに岩というだけあって、剣での攻撃はあまり効いていないようだった。

「くっ」

ミーシャが悔しそうな声を上げた。

アルカはビッグロックゴーレムの関節や目元らしき場所めがけて矢を射る。ティファも氷の魔術で援護してくれる。

俺はと言えば、先ほどから地面に手をついていた。

岩製のゴーレムなら俺の力が通るんじゃないかと思い、試しているのだ。

しかし、力の通りが悪い！　何やら抵抗されているようだ。

それなら……直接流し込む！

俺は前方へと駆け出し、アインと膠着状態のでっかいビッグロックゴーレムのもとに向かう。そして足に触れると、直接大地の力を流した。

解体するイメージだ。

すると、俺が触れているビッグロックゴーレムの足がサラサラと崩れ始めた。

ピシリと嫌な音を立てたかと思うと、ビッグロックゴーレムがバランスを失って倒れてくる。

敵は倒れる間際、最後の抵抗とばかりに俺へと手を伸ばしてきた。

ブオンッと頭上に風圧を感じる。

俺は咄嗟《とっさ》にしゃがんでやり過ごすことに成功。

間一髪！　ゴーレムの手は頭のすぐ真上を通過した。

「でかした！　コウヘイ！　大丈夫か!?」

ミーシャがビッグロックゴーレムに攻撃を続けながら、横目で俺を見やる。

「大丈夫だ、問題ない。反対の足ももらうぜ」

俺はそう言って反対側に駆ける。

その間、アインとツヴァイは体勢を崩した敵ゴーレムを殴り続けていた。アルカとティファも矢や魔術を浴びせている。

しかしタフだな、このゴーレム。

反対の足元にたどり着くと、俺は手を触れて大地の力を流した。

◆　◆　◆

留守番中のノーナは、神樹の木の中の王城を走り回っていた。

「ノーナ様！　そっちに行ってはなりません」

「あう？」

エルフのメイドであるナタリーが、ノーナを慌ただしく追いかける。

テテテッと駆けていたノーナがその声に立ち止まって振り向いた。

アホ毛が左右に揺れている。

「ノーナ様、お城の見学は、ナタリーお姉さんと一緒に、回りましょうね？」

ナタリーは軽く息を上げながらノーナに声をかける。

「あう！」

ノーナはナタリーの言葉にピョコンと頷く。

家妖精であるノーナの留守番が決まってすぐ、彼女にはお世話係としてメイドであるナタリーがつくことになった。

それ以降、ノーナはナタリーに手を引かれてお城の中を案内してもらうことが多くなっていた。

「ノーナ様はおいくつになられたのですか？」

「あうー？」

ノーナは首を傾げた。

見た目は三歳から五歳児くらいだが、彼女は生まれたばかりで一カ月といったところだ。

ノーナは自分が生まれた時のことを思い出した。


彼女が生まれたのは森の小屋の中だった。

森の拠点の小屋には小さな祭壇《さいだん》、もとい神棚《かみだな》がある。

ノーナの誕生は、以前、コウヘイたちがスティンガーの町に行っていた時の出来事だった。

誰もいない森の拠点の小屋の中に小さな光が集まる。それは妖精の元となる木の精気《せいき》だった。

現在では小屋がぽつんと立つ森の広場だが、元々は樹齢数百年という大樹がそびえ立つ場所であった。

本来ならその大木から妖精が生み出されるはずだったが、その大樹はある嵐《あらし》の夜に落雷に打たれ、根本からポッキリと折れてしまったのだ。

やがて大樹の一部は、コウヘイの小屋の素材となって使用されることとなった。

そのため妖精の精気自体もこの小屋に集まったのだった。

そしてこの光が人型になって作られたのが、ノーナである。

「あう！」

ノーナは自分が生まれた時のことを思い出してから、人差し指を一本立てて、ナタリーの方へ差し出した。

「ええ⁉　一歳なのですか？　それにしては大きいですね。もう少し上だと思っていました」

「あうー」

ノーナは左右に首を振った。

まだ言葉を満足に喋れないノーナは、自分のことをうまく伝えられなかったのであった。


それから数日後。

お城の見学に飽《あ》きたノーナは、神獣に跨っていた。

「神獣様。ノーナ様をよろしくお願いしますね。夕方にはお戻りください」

ナタリーに見送られて、ノーナと神獣は城の外へと散歩に出かけた。

「ウォフ！」

「あう♪」

いつもより高い視界にノーナも上機嫌だ。

アホ毛がそよ風にたなびいている。

「ウォフ！」

神獣が一声吠えた瞬間、景色がザァッと後ろに流れていく。

森の中を神獣が駆け出した。ノーナに気を遣ってか、神獣はあまり激しい動きはしていない。軽い足取りで森の奥へと駆けていく。

そして、とある池の前にたどり着いた。

神獣が池の水を飲んでいる間、ノーナは背の上で手を叩いて喜んでいた。

「あうー♪」

池の水は澄んでいて、揺れる水草や群がって泳ぐ小さな魚がよく見えた。

水の中で小さな花を咲かせる水草も生えている。

しばらく景色を楽しんでいると、池の中央で水面が盛り上がった。

その水面が渦《うず》を巻き、人型に変わっていく。

明らかに異常な光景だが、神獣はその様子を静かに見つめていた。

「あら、珍しい者を連れているわね、神獣」

人型の水は、透明で美しく、ほのかにキラキラと輝いているようだった。

そして驚くことに、人の言葉を発していた。

「ウォフ！」

「あうー？」

ノーナが人型の水に対して疑問の声を投げかける。

「ワタシ？　ワタシは水の精霊よ。ここの池を住み家にしているの」

「あう！」

片手を上げてノーナが元気よく挨拶する。

「ええ、こんにちは。あら、あなたは……色々混ざっているみたいだけど、大元は木の妖精みたいね、多分……生まれて間もないのかしら？」

「あう」

ノーナが人指し指を一本立てて差し出す。

「そう。一カ月ってところね」

「あうー」

正確に言いたいことが伝わって嬉しかったのか、ノーナが嬉しそうに頷く。

「そうだ！　せっかくだし、あなたに良いものをあげるわ！」

水の精霊はそう言うと、自分の胸の辺りに手を突っ込む。水面に手を入れた時のように、胸に波《は》紋《もん》が広がった。

水の精霊が自らの胸の中から取り出したのは、透き通る青い色をした宝石のようなものだ。

水面が動き、水の精霊がノーナへと近づく。

「あなたにこれをあげるわ！　精霊珠《せいれいじゅ》っていうの」

水の精霊が宝石のようなこぶし大の塊――精霊珠をノーナの両手に差し出す。

「あうー？」

精霊珠を受け取って首を傾げるノーナ。

「それをどうするのかって？　自由にしていいわよ。人に売ればそれなりの価値になるし、自分自身に使ってもいい」

「あう！」

ノーナは、ニパーと笑いながら元気よくお礼を言った。

「ふふ、どういたしまして。ワタシはあなたの選択を見させてもらうとするわね？」

水の精霊はいたずらを楽しむような笑みでノーナを見た。

「あう♪」

ノーナは迷うことなく自分の胸に精霊珠を押し当てる。

その珠《たま》はカッと輝くと、溶けるようにノーナの体の中へと入っていった。

「そう。それがあなたの選択なのね」

水の精霊が優しげに微笑んで様子を見守った。

「あい！　ノーナはせんたく、しますた！」

精霊珠の効果か、ノーナが人の言葉を喋れるようになった。

「よかったわね」

「あい。みずのせいれいさん、ありがとごじゃいましゅ」

ピョコリ、とノーナが両手を揃えてお辞儀をする。

「ウォフッ！」

神獣もお礼を言っているようだ。

「わたちは、ノーナっていいましゅ。みずのせいれいさんは？」

先ほどまで言葉が喋れなかったために、改めてノーナが自己紹介を始めた。

「ふふ、ワタシ？　ワタシは『清《きよ》き流《なが》れと花《はな》を愛《め》でる者《もの》』よ。人間が呼びやすいような名前ではないの」

「あい。じゃあみずのせいれいさん、またあえる？」

「ええ。あなたなら歓迎よ。森の小さなお花さん♪」

こうして少し喋れるようになったノーナは、神獣と一緒にお城へと帰った。

もちろん、急に喋れるようになったノーナを見て、メイドのナタリーは驚愕《きょうがく》していた。

◆　◆　◆

俺――コウヘイが大地の力を流すと、ビッグロックゴーレムのもう片方の足もサラサラと崩れた。

両足を失ったビッグロックゴーレムは片方の手で体を起こし、もう片方の手をブンブンと振り回す。

アインがその腕の猛攻を迎え討つ。盾使いも結構様になってるな、アイン。

俺は続いて地面についている敵ゴーレムの手を狙って駆け出した。

ビッグロックゴーレムの攻撃を凌《しの》いでいるアインの後ろを通って、太い腕を目指す。

皆も集中攻撃で、援護してくれる。

よし、さっきまでと同じ要領で相手の腕を崩すぞ！

力を注ぐと、ズドォォン！　と大きな音を立てて、ビッグロックゴーレムが後ろ向きに倒れた。

そこで、今まで俺の頭の上にいたスライムのルンが突然飛び出す。

ルンが仰向《あおむ》けに倒れたビッグロックゴーレムの胸に飛び乗ると、その隙間に入っていく。

んん？　ルンは何をしているんだ？

俺は疑問に思いつつも、ビッグロックゴーレムの残りの腕を見た。

あれに手を出すのは危険か。そう思っていたら、いきなりビッグロックゴーレムがドロップアイテムに変わった。何が起きたんだ!?

ビッグロックゴーレムが存在していた中心辺りでは、ルンが嬉しそうにみょんみょんと上下運動していた。

「ふぅずいぶんとタフだったな、コイツ」

俺は腕で額を擦りながら言う。

「むう。またしてもルンに美味しいところを持っていかれてしまったな」

「あなた様、この速さはむしろ誇るべきかと」

「マスターならば当然です」

ミーシャとアルカとティファの三者三様の言葉を聞きながら、俺はドロップアイテムを見る。

いつの間にか階層ボスの報酬である宝箱も出現していた。

ドロップアイテムは魔石とミスリル鉱石《こうせき》。

ミスリルって有名な金属だよな。まぁ、今のところ使い道はないから、しまっておくか。

それから宝箱の鑑定に移った。

名前：階層ボスの報酬
説明：罠・毒ガス。

「ミーシャ。今度の宝箱には毒ガスが仕掛けられているみたいだ」

「分かった」

ミーシャが道具を取り出し、カチャカチャと宝箱をいじると、俺に声をかける。

「ふむ。これで大丈夫なはず。開けるぞ？」

ミーシャが宝箱の蓋《ふた》に手をかける。

それじゃ俺は鑑定を引き受けますか。

名前：疾風《しっぷう》の指輪《ゆびわ》
説明：風の魔力アップ。風矢《かぜや》を作り出す。

名前：魔力《まりょく》の土《つち》

説明：魔力が詰まった土。

名前：大地《だいち》の剛弓《ごうきゅう》

説明：土の魔力がこもった弓。魔力で矢を生成。

名前：大地《だいち》のタリスマン

説明：土の魔力アップ。

それからいつも通りのポーション類がいくつか、だな。

「お、弓があるな？　これはアルカか？」

「はい、あなた様。他に欲しい方がいなければもらいたいですね」

アルカが遠慮気味に言う横で、ミーシャは鼻息荒く宝箱の中の指輪を指し示す。

「うむ。ミーシャは構わないぞ？　それより、今度こそ指輪が欲しい！」

「ワタシのものはマスターがお決めになってください」

「じゃあ弓はアルカ、指輪はミーシャでいいな。タリスマンはティファにしよう」

「マスター、ありがとうございます」

「あなた様、感謝を」

ティファとアルカがお辞儀する。

「うむ、ではコウヘイ。ミーシャにも指輪を嵌めてくれ」

ええ？　なんか恒例の流れになっているんですけど⁉

まぁいいけどさ。何もないよな？　ミーシャも左手の薬指を差し出してくる。なんで皆して同じ指を出してくるんだ？

俺は疑問に思いながら、ミーシャの指に指輪を嵌める。

「うむ。これは……いいものだ」

ミーシャが手のひらを宙にかざしながら、緑色の石の嵌まった指輪を眺める。

喜んでもらえたなら何よりです。

こういう時は何も聞かずにスルーするべきだな。深掘りして、変なことを知ったら嫌だし。

俺は無言のまま野営の準備をするのであった。


翌日、俺たちはさらに下層を目指して階段を下りた。

三十一階層は火山地帯のようになっていた。

ボコボコと泡立つ川のようなものも流れている。

「これは……暑くてかなわんな」

俺は手で自分をパタパタと煽《あお》ぎながら言った。

そしてすぐに、ボスの報酬でもらった水の羽衣を取り出して羽織《はお》った。

「うむ。これなら問題あるまい」

「はい、あなた様。報酬でこの羽衣が出たのは幸運でした」

「マスター。変な臭いがします」

ティファがクンクンと形の良い鼻を鳴らす。

「おう。多分硫黄《いおう》の臭いだな。温泉なんかもあるかもな」

「ふむ。温泉か」

「いや、さすがにあっても入らないぞ？　ダンジョンだしな」

「あなた様。あの森の拠点のお風呂は大変素晴らしゅうございました」

「マスター。温泉は正義である、と進言します」

アルカとティファは温泉と聞いて気になった素振《そぶ》りを見せたが、さすがにこんな魔物の巣窟《そうくつ》で入れるわけがない。

俺たちは周囲を警戒しつつ、ワイワイと話しながら先へ進んだ。

少し歩くと、チラホラとモンスターの存在を察知する。

ロックリザードというモンスターだ。硬い皮膚が特徴で、この神樹の森では兵士たちの革鎧《かわよろい》の素材として重宝《ちょうほう》されているらしい。

ただ、擬態《ぎたい》しているのか、あまり動かないみたいだ。

下に行くことを優先しているので、ロックリザードを横目に俺たちは歩いていく。

引き続き、戦闘を避けられるところは回避する作戦だ。

先へ進むと、ロックリザード以外にもファイアバードやレッドウルフが出現した。

ここまで来ると厄介《やっかい》なことに、違う種のモンスターが連携をとってくる。

こちらもアインとツヴァイを前面に出して、敵に連携させないように立ち回った。

アインとツヴァイにかちこみさせてその隙を突く感じだ。

敵の前衛を崩すと、全体の統率《とうそつ》が取れなくなっているので、その隙を突いて倒していく。

三十四階層も擬態のモンスターがメインのようでこれは避けて通った。

レッドロックカメレオンというモンスターだった。たまに飛来してくるファイアバードにも気をつけつつ先を急ぐ。

そして三十五階層までやってきた。

草原のフィールドだ。着ていた水の羽衣を脱ぐ。

遠くにはチラホラと草を食んでいるモンスターの姿が確認できる。

遠目に鑑定すると、グレートホーンという牛型の魔物がいた。

他にもワイルドスネークやらダッシュピッグやらといった魔物がいるらしい。

アルカ曰《いわ》く、ここの層の魔物の肉は非常に美味なんだとか。

少し狩っていくべきか？　いや、肉は十分に確保してあるし、先に進んでもいいだろう。

俺はミーシャに意見を求めた。

「ミーシャ、ここはどうする？」

「うむ。少し狩っていきたいな。肉の味が気になる」

「少しなら問題ないかと」

ミーシャが興味を示し、アルカも賛同した。

そうか、それなら狩っていくか！

俺も美味と言われる肉の味が気になっていたからな。

前みたいに二手に分かれて狩りに出る。俺とティファ、アイン組と、ミーシャ、アルカ、ツヴァイ組だ。

「ここのダンジョンコアは一体どんな状態になっちまったんだろうな？」

「情報が遮断されていますので、状況が把握できません」

「そうだったな。マスターがいて秘匿《ひとく》しているってことかな？」

「はい、マスター。その可能性はあります。他にもいくつか考えられますが……」

うーむ。よく分からんな。まぁ今は狩りだ。サクッと終わらせて先を急ごう。

俺たちを視認したグレートホーンがブルルといななき、後ろ足で何度か地面をかいた。

「アイン、頼んだ」

アインが頷いてダッと前に出る。

突進してきたグレートホーンの特徴的な大きな角を、アインがガシッと捉えて、しっかりグレートホーンの動きを止めた。

「今だ！」

俺とティファがグレートホーンの首を剣で狙って攻撃を叩き込むと、勢いよく血が噴き出した。

「ヴモッ!?」

グレートホーンはしばらくアインと力比べをしていたが、俺たちの攻撃でダメージが蓄積されて、ドロップアイテムへと変わった。

魔石、肉、大きな角を落としていく。

「よし！」

俺はいそいそとアインの背負籠へとそれらをしまうと、来た道を戻った。

程なくして、一匹狩り終わったミーシャたちと合流したところで、先を急ぐ。

「あなた様。情報ではこの先は溶岩《ようがん》地帯とのこと、お気をつけください」

「おっと、じゃあまた水の羽衣がいるな」

アルカの注意を受けて、俺は全員分の羽衣を取り出した。

俺が手渡すと、皆がそれを羽織る。

そうして俺たちは三十六階層へと降りるのだった。

第六話　溶岩地帯のラスボス

三十六階層はアルカの情報通り溶岩地帯が広がっていた。

熱い。とにかくクソ熱い。

水の羽衣を着ていてこれだ。

むわっとする熱気が肺の中まで焦《こ》がすようだ。若干息もしづらいし、厄介だな。

俺は後ろにいるミーシャたちに声をかけた。

「ここからはこれまで以上に気を引き締めて行こう」

「うむ」

「マスター、溶岩の中に何かいます」

そこでティファが俺を呼び止めた。

え？　溶岩の中で生きているモンスターなんているのか!?

見ると、赤く光を放つ溶岩の中にうごめく影がある。

あまり長く見つめていたら目が焼けそうだ。

俺はスッと視線をそらした。

俺たちは魔力探査を使って、モンスターを避けながら進む。

溶岩が流れている所にもなるべく近寄らないように注意した。

熱いし、さっきのことを考えると中から何か出てくることも考えられる。

用があるのは最下層だけだし、道中のモンスターたちと戦う必要はない。

一応、溶岩の中にいるモンスターを鑑定してみたが、姿がよく見えないので判定されなかった。

溶岩の上をジャンプしている魔物には鑑定が通ったので、詳細を見てみる。

名前：ラーヴァイール

説明：溶岩の中に生息。火を吐く。

うへぇ、この熱いのに火まで吐かれたらかなわんな。

やっぱりスルーして正解だな。

道中、避けきれずにリトルサラマンダーというやつと戦闘することになった。

こいつも火を吐くという情報があったので、そうなる前に速攻で倒す方に決める。

だが、小柄なトカゲ型モンスターでなかなかすばしっこかった。

手袋越しだが、俺は地面に手をついて大地の力でリトルサラマンダーを拘束し、それから皆で首を落としていく。

アルカとティファも俺が渡したショートソードで切りかかっていた。

ドロップしたのは魔石と皮だ。

一匹だけ赤い宝石を追加で落としていた。これはレアなのだろうか。

鑑定したらファイアルビーという綺麗な宝石だということが分かった。

杖の先端に取り付けたりして、魔法の触媒《しょくばい》として使えるらしい。

一つ下の階へ行くと、さらに厄介な魔物が多かった。

敵に飛行型の魔物が多いのだ。しかもこちらを捕捉するとすぐに近寄って来る。

中でも一番厄介だったのが、レッドワイバーンという魔物だった。

コイツは空を飛ぶうえに、火を吐いてくるのだ。

ウチのパーティで遠距離攻撃に特化しているのはアルカとティファ。

撃ち落とすのはほぼこの二人に任せっきりになってしまった。

アルカの剛弓で魔力矢を撃ち出し、ティファが魔術で氷の矢を生成していく。

ミーシャも一応、指輪の力で風矢を撃ち出して援護していた。

俺はといえば、敵が撃ち落とされるまで待機だ。

だが、地面に落ちてきたら俺の出番。

大地の力で拘束して、アインとツヴァイがひたすら殴るだけ。

レッドワイバーンは魔石と毒針を落とした。

ルンは俺の頭の上から羽衣のフードの中に身を移していた。熱いのは嫌いなようだ。

そしてとうとうこのダンジョンの最下層である四十階層のボス部屋にたどり着いた。

目の前には溶岩の湖というか、池のようなものが広がっていた。

真ん中に一本道があり、中央に広場状の足場がポツリとある。その様子を見て、俺は顔をしかめた。何だか嫌な地形だな。

ボスはどこだ?

俺たちはキョロキョロと見回したが、姿が見当たらない。まさか……

池のような溶岩に目をやると、魚影というか、大きな影がうごめいているのが見えた。

これは……たくさんいるのか、あるいはでっかいのが一匹?

ミーシャやアルカを見ると、難しい顔をしていた。

ひとまず中央の広場へと歩を進める。

俺は歩きながら、再び溶岩の中の魚影に鑑定を試すが、通らない。

やっぱりちゃんと視認できないとダメみたいだ。

広場の中央に位置取り、周囲を見渡すように円陣を組む。

お互いの死角をカバーし合い、各々が溶岩の池を見渡せる配置だ。

……程なくして、ゴゴゴ……という地鳴りとともに、溶岩の一部が盛り上がるように動き出した。

来た！　俺は眩《まぶ》しく光る溶岩に顔をしかめつつ、その盛り上がってきている場所を注視する。

名前：溶岩水竜《ようがんすいりゅう》
説明：竜種。火を吐く。

ようやく鑑定できた！

「皆！　コイツは溶岩水竜というらしい！　口から出る火に気をつけろ！」

俺はすかさず情報を皆に共有した。

ザパァアア！　うおっ！　やつの身動《みじろ》ぎで、広場の三分の一近くが溶岩に呑まれた！

さらに溶岩の池からバシャバシャッと何かが飛び出してくる。

数も多いな、魚か⁉

俺は飛び出してきた物体に鑑定をかけた。

名前：溶岩竜魚《ようがんりゅうぎょ》
説明：竜種。火を吐く。

でっかいアロワナみたいな魚は溶岩竜魚と出た。

「こっちの魚みたいなのは、溶岩竜魚というやつだ！」

ミーシャとアルカ、ティファが俺の言葉に頷く。

「うむ！」

「はい！　あなた様」

「了解です、マスター！」

ここに来てドラゴンのオンパレードとは、このダンジョン、やってくれるな。

いきなり難易度上がっていないか？　帰す気ないだろコレ。

溶岩水竜は様子見をしているようで、こちらには近づいてこない。

ひとまず俺たちは打ち上がった溶岩竜魚を倒すことにした。

溶岩竜魚はビチビチッと跳ねたかと思うと、体をうねらせて溶岩に侵食された地面を移動してくる。

攻撃はシンプルな体当たり。だが、竜魚は意外と大きく、三メートルくらいありそうなので、侮れない。赤い鱗《うろこ》に黒い斑点《はんてん》模様がまだらに入っている。

溶岩竜魚の突進を、前に出たアインが灼熱《しゃくねつ》の盾で受け止めて斜め後ろにいなしていく。

すぐ後ろに控えたツヴァイがアイスガントレットを装備した腕で殴りつけた。

ガァンッ！

次々と殴り飛ばされ、地面に打ち上げられた溶岩竜魚を、俺とミーシャが剣で切りつける。

ティファは氷の魔術で援護してくれた。

一方アルカは、大地の剛弓でボスの溶岩水竜に狙いをつけていた。

魔力で作り出された矢が溶岩水竜へと向かう！

「ギャオォォォォォォン‼」

片方の目に矢を受けた溶岩水竜は、身を捩《よじ》らせて暴れる。

広場の地面に溶岩がかかり、ジュウジュウと音を出しながら気温が一気に上がった。

くそっ！　熱いな……視界がゆらゆらと陽炎《かげろう》のように揺れる。湯気もあたりに立ちこめている。

溶岩水竜が蛇のような体をくねらせて溶岩の中に潜り込んだ。水竜がうねる様子は、まるでテレビで見た太陽の表面のようだ。

ザパァッと広場の地面に溶岩の波が広がる。

「くっ！　また足場が減ったぞ！」

見ると、広場の周囲が半分くらい溶岩地帯に変わってしまっている。熱気も凄い。

一方、可動範囲の増えた溶岩竜魚が、次々と陸へ上がってくる。

よく発達した胸鰭《むなびれ》と体を、器用に捩らせて襲いかかってくる。

このままではまずいと思った俺は、手を地面についた。

手袋越しだが大地の力を流して、広場の周囲に堤防を造る。

ズモモモモッと細いドーナツ状の堤を広場の周りに作製して、これ以上足場が溶岩に侵食されないようにする。

その間も溶岩水竜は溶岩の中を出たり入ったりしている。

だが、堤防を造ったおかげで溶岩の侵食を阻むことはできた。

それでも、溶岩竜魚が堤防を飛び越えるように打ち上がってくるが、活動範囲外なのか、動きは鈍くなっている。

ティファもショートソードを持って、溶岩竜魚を叩き切っている。

広場の中心には皆が足で蹴ってまとめた魔石が溜まってきていた。とりあえず溶岩竜魚の方は何とか倒すめどが立ったな。

このまま狩り尽くしてやる。

溶岩水竜は大きな波を立てるために、溶岩に出たり入ったりを繰り返している。

そのまま遊んでいればいい。後で倒してやるからな。

俺は水竜を横目に見てから竜魚の方に向き直り、剣を叩きつける。

意外と切れ味の良いアースゴブリンソードにニヤリとしつつ、広場の中央にドロップアイテムを蹴り込んでいく。

アインは灼熱の盾で殴り、ツヴァイがアイスガントレットで殴り飛ばしていった。

弱った溶岩竜魚はアルカとティファが屠《ほふ》っていく。

ミーシャは広場に飛び込んでくる溶岩竜魚を、二本の短剣で捌いていった。

程なくして、俺たちは溶岩池の竜魚をだいたい狩り終えた。ようやく味方がいなくなったことに気づいた溶岩水竜が、身を捩らせこちらに向き直る。

「ギュオォォォォォン！」

心なしか口惜しそうに見える。

いや、竜の顔色なんてよく分かんないんだけどな。

溶岩水竜は上体をのけぞらせると、喉《のど》の辺りを発光させた。

「ブレスだ！　アインの後ろへ！」

俺はそう言うとアインの後ろへと駆けた。他の皆も集まってくる。

「ガアァッ!!」

ゴォッ！　っと火炎放射器をぶっ放したような火柱が水平方向に伸びてくる！

アインの灼熱の盾が熱で真っ赤になる。

この盾、火属性攻撃を半減してくれるんじゃなかったのかよ!?

とても半減しているとは思えない熱気が皆を包み込む。

俺たちが羽織っている水の羽衣も熱を遮断してくれているはずだが、それでもむせ返るような熱さだ。

火のブレスを吐き終えると、溶岩水竜が体当たりをぶちかましてきた。

アインが盾を構えて迎え討つ。

溶岩水竜は電車のような巨体をかなりの速さでぶつけてくる。

ズガァァァンッ!!　とアインの盾に溶岩水竜の頭部がぶつかると、鱗が盾を削る耳障《みみざわ》りな音が鳴り響く！

アインから進行方向を変えて、さらに突進していく溶岩水竜。

くぅっ！　まるで特急列車じゃねぇか！　俺はゴォッと通り過ぎる巨体を見ながら、そんな感想を抱いた。

足元の広場に一本道を作りながら巨体が通過していく。

突撃地点と進行方向の二箇所で、俺が作った堤が壊れた。

ゴパァッと流れ入ってくる溶岩。俺は慌てて手をつき、大地の力で壁の修復を始めた。

溶岩水竜は溶岩の池に身を沈めると、その中をグルグルと泳ぎ回る。

溶岩の波が堤にあたり、ジュウジュウと音と煙を出した。

泡立った溶岩の池から再び水竜が顔を出す。

赤く燃えるような鱗を輝かせながら、溶岩水竜はニヤリと笑っているようだ。

身を翻《ひるがえ》したと思いきや、またも突進の体勢をとる。

ズガァァァンッ!!

衝撃とともにアインの盾から金属が削られる耳障りな音が響いた。

ゴォッと唸りを上げて通過していく溶岩水竜。

ちくしょう！　この特急、嫌いだ！　戦いづらすぎる！

各駅停車にしてくれよ。そんな俺の願いも虚《むな》しく、溶岩水竜は次々と突進を繰り返す。

そして、おまけとばかりに修復した壁を壊していく。

俺たちはなす術《すべ》もなく、突進を受け止め続けるだけ。

防戦一方の現状をどうにか打破すべく、俺は壁を大地の力で直しながら考える。

……待てよ？　溶岩って熱があるだけで、岩だよな？

であれば、もしかしたら大地の力が通じるやもしれん。

周囲の溶岩池に俺は大地の力を流す。

くっ！　なんていうか、重い膜《まく》の中を進んでいるような感覚だ。だがしかし、力は通る！

俺は先ほどニヤケ面《づら》を晒《さら》した溶岩水竜が慌てる様を思い浮かべながら、大地の力を流していく。

いや、このままじゃ力の通りが悪いか？

俺は右手の手袋を取ると、熱せられた地面に直接手をつきなおした。

ジュッ！

ぐおっ、熱い、というより痛い！

左手で右手の手首を握って固定する。

「くっ」

「大丈夫か!?　コウヘイ！」

ミーシャが心配してくれる。

「何とかっ、なっ！」

これで溶岩水竜に吠《ほ》え面《づら》をかかせてやるぜっ。

大地の力で溶岩の池の中から異物を取り除くイメージを流す。

もっと！　もっとだ！　クッソ重てえ!!

溶岩の池から水竜の巨体が浮かび上がってくる。

「まだまだぁ！」

俺は額から滝のような汗を流し、力を地面に注ぎ込む。

……程なくして、溶岩水竜の巨体が溶岩の池からはじき出された。

「これでもう、溶岩の中には逃げられないぜ！」

「ギュオオォォォォォオオッ!?」

溶岩水竜も驚いた声を上げている。

奴は溶岩に潜れないと察したのか、こちらに向き直る。

「ギャオオォォォォォオオオン！」

身を捩らせて、蛇のように進んでくる。

それをまたもやアインが盾で受け止める。

ここだ！

俺は溶岩に干渉すると、その場に拘束させるように固めていく。

いくつもの溶岩の輪でできた拘束で、奴をがんじがらめにしていった。

「ギュオッギュオ⁉」

片目をつぶった溶岩水竜がまた驚きの声を上げる。

これでまな板の上の鯉《こい》ならぬ、打ち上げられた水竜の完成だ！

「皆、今だ！」

俺は地面に手をつきながら叫んだ。

早いところ倒してもらわないと、俺の右手がミディアムレアになってしまう。

俺が切実な思いで声をかけると、ミーシャたちが頷いた。

「うむ！」

「はい、あなた様！」

「マスターの右手が心配です！」

溶岩水竜はアインの盾へと牙を立てる。

アインがそれを左右に振るが、執拗《しつよう》に食らいついた溶岩水竜は離れない。

ツヴァイはアイスガントレットの腕で、ガンガンと溶岩水竜の首を殴っている。

ミーシャは水竜の首筋を狙い、切りつけているようだ。

アルカが大地の剛弓を持ち、もう片方の目を射抜いた。ティファも魔術で次々と氷の矢を放つ。

……これは倒すまでにしばらくかかりそうか？

だが、ここで俺が手を離せば、また溶岩の中に逃げられてしまう。

俺は左手で腰の道具入れをまさぐり、ポーション瓶を取り出す。

口で蓋を開けて、右手にそのままかけていく。応急処置だ。

しかし焼け石に水なのか、肉の焼ける臭いが鼻につく。

そこで、今まで俺の水の羽衣のフードでぐったりしていたルンがガサゴソと動き出した。

俺の目の前に躍《おど》り出《で》ると、みょんみょんと上下運動して何かを伝えようとしている。こんな時に何だっていうんだ⁉

俺が疑問符を頭に浮かべていると、ルンが溶岩水竜の頭の方へぴょんぴょんと向かっていく。

両目を潰された溶岩水竜は怒り狂って、口に咥えたアインを盾ごと左右に激しく振っていた。

そこへぴょんぴょんとルンが向かっていく。

あまりの熱さで、ルンは極力地面に長く触れないように跳ねる。そして、何をするかと思いきや、ルンが溶岩水竜の鼻の穴から体内へと侵入していった。

ビクリと溶岩水竜が震えたかと思いきや、ガクガクと痙攣しだした。

そして、瞬《また》く間にドロップアイテムへと変わっていく。

溶岩水竜の頭があった場所では、ルンがみょんみょんと上下運動していたのであった。

いやー、今回もお手柄だな、ルン。

俺は右手に薬草を揉み込みながら包帯を巻いた。

真っ赤に腫《は》れ上がった手のひらを白い包帯で覆い、大地の力を右手に流した。

ポワンッと右手が一瞬光ると、痛みもスッと引いていく。これで良し。

スライムのルンがみょんみょん上下運動している場所へと向かうと、俺はルンを抱き上げて大地の力を流す。

「ははっ。お疲れ様、ルン」

ルンの体の中心が一瞬キラリと光る。

プルプルとふるえて喜びの感情を示していたルンは、しばらくするとまたヘタれて潰れた。

「熱かっただろうに、よく頑張ったな」

俺はルンに声をかけて、水の羽衣のフードの中へとしまう。

皆も各々自分の傷や火傷《やけど》を回復したり、武器の具合を確かめたりしていた。

「むぅ。またしてもルンに良いところを持っていかれてしまったな……」

不満げな様子で自分の体にポーションをかけるミーシャを、アルカが宥めた。

「ですが、ミーシャさん。あのまま攻撃を続けるよりは早く終わったかと」

ティファは俺のもとに駆け寄り、手の火傷を心配してくれた。

「マスター。右手の方は大丈夫なのですか？」

「ああ、ティファ。ポーションを途中で使ったし、薬草で手当もしたから大丈夫だ」

俺は右手をグーパーさせながらティファに答える。

「アインとツヴァイもお疲れ様な」

俺はアインとツヴァイにも大地の力を流していく。エネルギー補給だな。

ポワン、ポワンッとアインとツヴァイが一瞬光に包まれる。

二体とも満足そうに頷いた。

俺たちは溶岩水竜のドロップアイテムと、階層ボスの報酬である宝箱があるところに集まる。ドロップアイテムは魔石と数本の大きな牙だった。

名前：溶岩水竜の牙
説明：非常に丈夫。火の魔力を帯びている。

武器なんかに使えそうだな。小ぶりの剣なら作れそうだ。

続けて宝箱も鑑定しておく。

名前：階層ボスの報酬
説明：罠・爆発。

「ミーシャ、これは爆発の罠が仕掛けてあるみたいなんだが……いけるか？」

「うむ。少し時間が欲しい。上級の罠だな」

これまでと同じくミーシャが宝箱のトラップ解除に取り掛かる。

「皆も大事ないか？」

「はい、あなた様」

「はい、マスター。ポーションで回復済みです」

アルカとティファが頷く。

ミーシャが宝箱に取り掛かっている間に、俺はようやく気温の下がってきた溶岩地帯を見回した。

「ここが最下層ってことでいいんだよな？」

隣にいたアルカとティファに俺は声をかけた。

「はい、あなた様。情報ではこの先に転移石が置いてある部屋があるはずです。このダンジョンはそれが最奥ですね」

「いえ、マスター。管理者領域の階層がこの下にあるはずです」

アルカとティファがそれぞれ異なる見解を述べた。

だがティファがダンジョンコアの端末ということを踏まえると、彼女の意見の方が一理ありそうだ。

おそらく管理者領域は地図には書かないだろうし……

「ティファ、管理者領域の階層の行き方は分かるか？」

「いえ、マスター。情報が遮断されているので不明です。しかしこの階層のどこかに入口があるはずです」

「そうか、後で皆で探してみよう」

話が終わったタイミングで、カシャン！　と罠の外れる音が響いた。

「うむ。解錠《かいじょう》できたぞ！」

ミーシャが宝箱の罠を解除し、その蓋を持ち上げる。

またしてもたくさんの報酬が入っていた。

名前：疾風《しっぷう》のアンクレット
説明：風の魔力と敏捷性《びんしょうせい》が上がる。

名前：シルフィソード
説明：風の魔力アップ。風刃《ふうじん》を作り出す。

名前：風精《ふうせい》のマント
説明：風の魔力アップ。空中歩行ができる。

名前：風精《ふうせい》の腕輪《うでわ》
説明：風の魔力アップ。風の精霊と交信できる。

そしていつも通りのポーション類と……
おお！　かなり良さそうなラインナップだ。
さっそく皆に鑑定結果を伝える。
「分配はさっきまでと同じやり方でいいか？」

「うむ。ミーシャは風精のマントだな。空歩ができるのは魅力的だ」

「あなた様。私はシルフィソードをいただきたいです。腕輪も良いですが、私は魔法が得意ではないので」

ミーシャとアルカがそれぞれの希望を口にした。

ティファは何でもいいそうだ。

「うーん。じゃあ風精霊の腕輪をティファにあげようかな？　魔術師だし、うまくいけば精霊と交信できるんだろ？」

「分かりました、マスター。風精霊とやらを従えてみせます」

いやいや、別に従えなくても、仲良くなればいいと思うが。

俺は残り物の疾風のアンクレットを手に取った。

……とはいえ、これを俺が持っていてもなぁ。かといってゴーレムたちに持たせてもあまり効果がなさそうだ。

ミーシャが使う方が良くないか？

「ミーシャ。これもミーシャが使ってくれ。俺は次に欲しいものがあったら言うから」

「む。いいのか、コウヘイ？」

「ああ、俺では上手く使える場面がなさそうだからな」

「ふむ。ではありがたく。じゃあ次はコウヘイが優先だな！」

「おう。よろしく」

時間的にはそろそろ夕方になるころだ。

しかし、泊まるにしてもここは周りが溶岩の池。

いくらボス部屋といっても少々居心地が悪いし、熱くてかなわん。

俺たちは大量にある溶岩竜魚のドロップアイテムを集めて回ってから、奥の転移石が設置してある部屋へと向かった。

ちなみに溶岩竜魚のドロップアイテムは魔石と鱗だった。

鱗は鎧《よろい》に使えそうだ。

鈍く輝く転移石が置いてある部屋で、野営の準備をする。

ここはボスの部屋より幾分《いくぶん》熱さがマシだった。

これならゆっくり休むことができるな。


翌朝、支度を済ませた俺たちは管理者領域の階層へと下りる階段を探していた。

四十階層は溶岩と岩肌が続く階層で、手当たり次第に探しているが、なかなか階段が見つからない。

そこで俺は大地の力を使って探査することにした。

比較的温度の低いであろう場所の地面へと手をつく。右手の火傷は朝起きたら完治していたので、包帯はすでに取った。

力を流していると、転移石の置いてある部屋の方に何かがあるのを察知した。

「皆、どうやら俺たちが探しているものは転移石が置かれている部屋にあるみたいだ」

俺たちは部屋へと引き返して、周囲の壁を調べていく。俺も地面に手をついて探査で調べる。

むむ？　なんだかあそこが怪しいぞ？

一見何の変哲《へんてつ》もないただの岩の壁だが、探査では奥に空洞があると出ていた。

俺はその壁の前まで行き、コンコンと壁を叩いてみる。

「この奥に空洞があるみたいだ。でもどうやって向こう側に行くんだろうな？　殴って壊すか？」

「ふむ。もう少し調べて手段がなかったら、最終的には壊すしかないだろうな」

ミーシャが困り顔で答えた。

「……」

俺たちが引き続き部屋を調べる中、ティファは何やら無言で壁に手をついていた。

ティファが顎に指を当てて言う。

「マスター。おそらくこれは内側からしか開かないようになっていますね」

「ということは、やっぱり殴って壊すしかないのか？」

とりあえず俺は大地の力で壁を開けられないか試す。

手をつき、大地の力を流すと、軽く地面を揺らしながら壁が左右に開いていく。

最初からこうしておけばよかったな。

俺は若干気まずくて苦笑した。

「……と。皆、一応開いたみたいだ。中を調べようか」

今度は大地の力で先に探査する。

下に続く階段があり、その先にコアらしき反応と、あの黒い汚れの大元みたいな反応が感じられる。

ミーシャを先頭に俺、アルカ、ティファ、アイン、ツヴァイと一列になって階段を下りる。

部屋へたどり着くと、そこには以前スティンガーのダンジョンで見たようなダンジョンコアが宙に浮いていた。

「マスター。このコアはイレギュラーな状態にあるようです」

ティファが少し眉間にシワを寄せながら言った。

前に見たスティンガーのダンジョンコアは、キラキラと魔法文字のようなものがコアの周囲を回っていたが、こちらは色が黒ずんでいてどんよりとしている。

俺は手袋を外して、ダンジョンコアに手をつき、大地の力を流し込んだ。

徐々に上の方から黒ずみがポロポロと落ちてきて、ダンジョンコアが輝きを取り戻していく。

魔法文字も光り出し、ゆっくりと周回軌道し始めた。

ポワンッとダンジョンコア全体が一瞬輝くと、前に見たことのあるダンジョンコアと同じようになった。

「ティファア、どうだ？　連絡は取れそうか？」

「はい、マスター。今試みています」

ティファアは目を閉じるとダンジョンコアの表面に手を触れる。

ティファがコアに触れている方の手に光の軌跡が走った。

「ジジ……異物……の除去……確認……再起動……調整……ジジ」

ダンジョンコアから声が聞こえてくる。どうだ？　いけるか？

俺もさらに大地の力を流す。

「再起動完了。未知の力の流入を確認。エネルギー充填量九十八パーセント」

「マスター。どうやら何者かの手によってこのダンジョンコアにウィルスのようなものを植え付けられたのが、この魔障騒ぎの原因のようです。今、ログを出します」

ティファがそう言うと、俺の前にウィンドウが立ち上がり、立体の映像が流れ始めた。

『フフフ……ザザッ……これで……ざますよ！……ヒヒヒッ……ザザザッ』

ノイズ混じりのその映像に映っていたのは、黒っぽいローブを着た男がダンジョンコアに手をついて何かをしている様子だった。

なんだこれは？　俺たちの頭には疑問符が浮かぶのみだ。

「領域の確認……終了。異常なし。あなた方があの邪魔な力を除去してくれたのですか？」

俺が映像を見て首を傾げていると、ダンジョンコアが語りかけてきた。

ここのコアはずいぶんと人間っぽいな。

スティンガーのダンジョンコアはもっと堅い感じだった。

「ああ、黒いのを除去したのは俺の力だ。あれが大元みたいだったな。調子はどうだ？」

「はい……当ダンジョンコア、第百六十一番コアは正常稼働に戻りました」

そうか。それは良かった。

「それで何があったんだ？　なんか変な奴がいたみたいだが……」

「はい……時空間の歪みを確認後、何者かが当領域に侵入して、コアの制御を奪われました」

「マスター。通常の方法ではダンジョンコアに干渉《かんしょう》できないはずです。該当の人物は超常の力を持っている可能性があります」

つぶっていた目を開けながらティファが言う。

ティファの目には、何かのログだろうか？　凄い速さで妙な文字が映っていた。

うーむ。俺みたいな力を使った、ってことだろうか？　よく分からんな。できれば謎の黒いローブの男に話を直接聞きたいものだ。

「まぁ、コアの問題も解決したし、これで一件落着かな？」

俺はアルカにそう確認した。

「はい、あなた様。神樹の森のエルフを代表して、心よりの感謝を」

アルカが深々と頭を下げた。

「うむ。これで拠点の森へ帰れるな。早く風呂に入りたいものだ」

「マスター。ここに転移石を設置すればすぐに戻れます。早く帰ってお風呂に入らねば！」

ミーシャとティファはかなり疲れたようで、とにかくお風呂を要求していた。

「おいおい。拠点の森には転移石を設置していないぞ？　とはいえ、一度スティンガーの町に飛んで、そこから俺の家に帰った方が神樹の森からより早く着くけどな」

「う、マスター。そうでした」

ガックリとうなだれるティファ。

そんな俺たちの凱旋《がいせん》気分を打ち消すように、神樹の森のダンジョンコアが異常事態を告げた。

第七話　ケイオスグリフォン

「警告します。時空間のひずみを確認。何者かが侵入してきます！」

なんだなんだ？　時空間のひずみに侵入って……要は転移ってことか？

俺たちがサッと身構えると、部屋の端に黒い渦のようなものが現れた。

黒い渦から出てきたのは、しわがれたような手、次いで足元。

全身を見ると、映像に映っていた黒いローブのようなものを着た男だった。男はローブのフードを深く被っていて、顔はよく確認できない。

「ヒヒヒッ、実験台の反応が消えたと思ったら、まさかこんなことになっているとは」

ローブの男が気色の悪い声で喋り出す。

「お前は誰だ!?」

ミーシャが叫ぶように言った。

その間に俺は謎の男に鑑定をかける。

名前：邪神の■■
説明：■■■■■

くっ、ほぼ文字化けじゃねーか！

「人に尋ねる前にまずは自分、ざますよぉ？　ヒヒヒッ。せっかくあそこまで育てたのに、跡形もなく消えているとは……ヒヒヒッ」

気色の悪いその男は、懐《ふところ》をまさぐって何かを取り出した。

それはハンドボールくらいの卵状の形をした肉塊《にくかい》だった。

ドクンドクンと脈打っている。

懐から取り出したにしては大きいな。亜空間やアイテムボックスを使ったのか？

「ヒヒヒッ……これはぁたっぷりお礼をしてぇ差し上げねばぁ、ざますねぇ」

気色の悪い男はニタッと笑みを浮かべたかと思うと、手に持った卵状の肉塊をゆっくりと地面に放る。

どどめ色の肉塊はさらに鼓動を早くすると、みるみるうちに大きくなった。

「それではぁ、もう会うこともないでしょうが、皆さんごきげんよう、ざます。ヒヒヒッ」

気色の悪い男はそう言って黒い渦《うず》を作り出し、その中へと消えていった。

渦はすぐに小さくなっていき、その場からかき消える。

その場には肥大化し続ける気色の悪い肉塊だけが、脈打ちながら残された。

俺はため息交じりに言う。

「はぁ、なんなんだ一体？　ほぼ一方的に喋って消えたぞ」

「うむ。それよりもこの得体の知れぬ肉の塊を処理する方が先だな。嫌な予感がする」

ミーシャが肉塊から少し距離を置きながら言うと、アルカとティファも同意する。

「ミーシャさんもですか。私もそう思っていたところです」

「マスター。早期の駆除を推奨《すいしょう》します」

ドクンドクンと力強く脈打ちながら、みるみるうちにコンテナくらいの大きさになる肉塊。

その表面を突き破って、中から何かが出てきた。

「グルルル……」

まずは人の頭を簡単につまめそうなほどでかいくちばしが、次いで鉤爪《かぎづめ》が露《あら》わになる。一本一本が大きく曲がった剣のようだ。

メキメキと音を立てて肉塊を割っていく謎の獣は、黒く巨大なグリフォンだった。

暴れられる前に鑑定だ。

名前：ケイオスグリフォン
説明：邪神の眷属《けんぞく》。

なんだよ邪神って⁉　ロキ神のことじゃないよな？

俺は異世界に放り出された時の記憶を思い出した。

すかさず鑑定の情報を共有する。

「皆、このグリフォンは邪神の眷属らしいぞ！」

「グルルルゥ……ギャオォッ！」

ケイオスグリフォンが俺たちを威嚇してくる。

このダンジョンコアのある部屋はそれなりの広さだが、グリフォンが飛び立てるような高さはない。普通の獣と考えれば良さそうだ。

盾を装備したアインと、ガントレットを装備したツヴァイが前に出ると、まずは挨拶とばかりにケイオスグリフォンが前足の鉤爪を振るう。

「グルルァアッ！」

ケイオスグリフォンの鉤爪をアインが盾で受け止め、その隙にツヴァイが殴って吹っ飛ばす。

俺はケイオスグリフォンを拘束すべく、大地の力を流し込んだ。

「グルッ‼」

だが、何かを察知したケイオスグリフォンがその場からバッと浮き上がったことで、大地の力は不発。

飛び回るほどではなくても、浮き上がることはできるらしい。

「くっ」

俺は舌打ちをこらえるように呻《うめ》いた。

低空飛行で突進してくるケイオスグリフォンをアインが盾でいなす。

爪が盾を削る音がギャリリイ！　っと響いた。

アルカとティファァは後方から遠距離攻撃で応戦してくれる。

矢が羽根の根元に刺さり、氷の魔術がケイオスグリフォンの胸元に吸い込まれるように着弾した！

しかしケイオスグリフォンはバランスを崩しただけで、そのまま低空飛行を続ける。

「グルルァアッ！」

ケイオスグリフォンがブレスを繰り出した。

赤い火の玉のようなブレスが俺たちを襲う。

「皆、アインの後ろへ！」

俺の掛け声で、皆がザッとアインの後ろへ集まる。その直後、ドンッという音と衝撃が辺りに響いた。チリチリと火の粉が八方に広がる。

アルカが隙を突いて弓でケイオスグリフォンの目を狙った。

だが、矢はグリフォンを大きくそれた。グリフォンの周りには何か不可視の風のヴェールのようなものがあるようだ。遠距離攻撃の対策もしているのか！

しばしケイオスグリフォンと睨み合いが続く。

先に仕掛けてきたのはケイオスグリフォンだ。

またもや巨体を活かした体当たりかと思いきや、その勢いのままアインの盾に鉤爪を突き立てた。

衝撃音が響き、アインの持つ盾が軋んで悲鳴を上げた。

こいつ、盾を破壊するつもりか！

確かに盾がなければ、ケイオスグリフォンは遠距離からブレスでやりたい放題だ。

知能まで高いとは、戦いづらい相手だな。

俺は地面に落ちていた岩を拾い、短槍の形に変形するように念じる。

ニョキニョキと形を変えて、投げ槍になった岩の塊を逆手に掴む。

そして助走をつけてグリフォンに投げ込んだ。

「シッ！」

しかし、ヤツの謎の風のヴェールに遮られてケイオスグリフォンまで届かない！

槍は振動しながらあらぬ方向にそれていった。

続いてミーシャが前に出た。

「フッ！」

斬りつけると、いくつかの羽が宙に舞った。

ミーシャの近接攻撃は通るみたいだ。

「グルルァアッ！」

ケイオスグリフォンは嫌がるように後ろへと下がった。

クソっ！

逃げられると、こちらとしては近接戦が使えずに決め手がなくなる。

再び睨み合いが続く。

心なしかケイオスグリフォンの表面が当初より黒っぽくなっている気がする。

気のせいか？　いや、ヤツの体の表面からは黒いモヤのようなものが出ているし、よく見るとパキパキと音を立てて羽毛の表面を硬化させているようだ。これも魔障か？

何というか、邪悪な気配が増している。

……時間をかけるとまずいかもしれないな。

「ミーシャ！　最初よりグリフォンの色が黒ずんでいっている！　何か奥の手があるかもしれないから、あまり時間はかけられそうにない」

俺はミーシャに注意を促した。

「むう。しかし、こうフワフワと浮かび上がられては、打つ手も限られる」

ミーシャが悔しそうに答える。

遠距離攻撃は風のヴェールでそらされてしまう。近接攻撃もそのヴェールごと切り裂かないと届かないし、届いても宙に逃げられたらお手上げ。

そして時間もあまりかけられない、ときたもんだ。

ん……待てよ？　鳥には鳥かごだ！　逃げようとするならその幅を狭めてしまえばいい。俺は地面に大地の力を流し、ケイオスグリフォンの周囲に土柱を何本も生成した！

ズモモモモッ！　とグリフォンの周りの地面から土柱が生えていく。

地面と天井を連結させる太い土柱だ。これで動き回れなくなったはず。

「グルルルゥ⁉」

ケイオスグリフォンが困惑している。

キョロキョロと頼りなげに辺りを見回すグリフォン。

そこへ柱の隙間からミーシャが攻撃した。

ザシュッ！　とミーシャの短剣がグリフォンに当たる。

「グルルァアッ！」

ケイオスグリフォンが叫び声を上げるが、ダメージは小さい。

これでは決定打にならないか……

ケイオスグリフォンはだんだんと黒いオーラのようなものを纏《まと》っていく。

まずい……時間もそんなに残ってなさそうだ。

あの黒いのさえなければ、時間は気にしなくてよくなるんだが……

よく考えたらあの黒いのって、魔障と同じなら俺の力で取り除けるはずだよな？　試してみる価値はあるか？

いや、でも今のところ直接触れる手段がないな。

見るとケイオスグリフォンは土柱の檻《おり》の中でも元気に暴れまわっている。

あれにしがみつくのは、ハードルが高すぎるよな。

そういえば元いた世界のテレビで見たけど、首筋に後ろからしがみつけば、獣の足は届かないとか言っていたっけな……だとしたらいけるか？

俺は震える足を叱咤《しった》し、仲間に援護を頼む。

「皆！　どんな方法でもいいから、とにかくケイオスグリフォンを引き付けてくれ！」

ミーシャたちが呼応して、それぞれ攻撃を始めた。

アインとツヴァイも頷くと前に出る。

ルンもフードから飛び出てきた。

ルンは毎回いいところでアシストしてくれるんだよな。

皆が一斉に地上から攻撃を続けたことで、ケイオスグリフォンの注意が足元に向いた。

その隙に、ルンが天井からグリフォン目がけて飛びついた。そしてケイオスグリフォンの目を覆うように体を広げる。

「グルルァアッ!?」

ケイオスグリフォンが驚きの声を上げて、へばりついたルンを落とそうと顔を左右に振った。

よし、これならいけそうだ。俺は前方へと駆け出し、ミーシャ、アイン、ツヴァイの脇をすり抜ける。

「な!?　コウヘイ!?」

ミーシャが驚きの声を上げた。

俺はその声を後ろで聞きつつ、土柱の隙間を通ってケイオスグリフォンのお腹の下へと潜り込んだ。

やってやるぜ！

そして飛び上がり、奴のお腹に全力でしがみつく。

続けて羽毛をつかみながら大地の力を流し込んだ。

「グルルルゥ!?」

ケイオスグリフォンが身動ぎをして俺を振り落とそうとするのを、俺は歯を食いしばり目をつぶって懸命にしがみついて耐える。

その間も力は流し続けた。しがみついている俺の手の周辺からは、黒い汚れのようなものがポロポロと剥がれ落ちていく。

ロデオでもやっている気分だな。これ。

己の握力で体重を支える。いつ滑ってもおかしくないくらい、体勢が辛い。

泣き言を言いたくなるが、その余裕もない。

ポワンッと俺のまぶたの裏に光が輝いた。

よし、ここまで来たらと、一気に力を流していく。うおお！　ガクガクとケイオスグリフォンが痙攣し、振り落とされそうになった。

……そのまましばらく大地の力を流し続けると、ケイオスグリフォンがだんだんと縮んでいっているように感じた。

俺の背中がいつの間にか地面につく。それでも俺は目をつぶってひたすら大地の力を流し続けた。

ふと、ルンが俺の頭の上に乗ってくる。みょんみょんと上下運動をしているみたいだ。

俺がつぶっていた目を開けると、腕の中にはグリフォンの子供がすやすやと眠っていたのであった。

「おおう!?」

俺は腕の中のグリフォンの子供を見て驚きの声を上げた。

「どうした!?　コウヘイ！　む？」

ミーシャが真っ先にこちらに近づき、その後ろからアルカとティファがやってくる。

「あなた様、これは……」

「マスター、お疲れ様です」

俺はむくりと上半身を起こすと、グリフォンの子供を鑑定する。

名前：アース・グリフォンの幼体
説明：杉浦耕平の従魔。

やっぱりか……

俺はため息を漏らした。

「どうやらグリフォンの子供をテイムしちまったみたいだ……」

「凄いなコウヘイ。グリフォンのテイマーなどなかなかいないぞ？」

「すやすやと眠っていて、とても愛らしいですね」

ミーシャが俺を褒め、アルカはグリフォンを微笑ましそうに見ていた。

「マスター、こちらは希少種では？　毛並みが通常のグリフォンとは異なります」

ティファはグリフォンに関しての情報をくれた。

そうなのか？　普通のグリフォンを見たことがないから、いまいちピンとこない。見るとグリフォンの子供は淡い黄色の毛並みをしていた。

むずがるように身動ぎし、前足で目の辺りをこすっている。

しばらく眺めていたら、両方の前足で両目を押さえるように丸まった。

俺がほわほわの頭を撫でていると、頭の上のルンも興味深そうに体を伸ばしてグリフォンの子供を覗き込む。

俺は地面に座ったまま生成した土の柱を元に戻し、辺りを見回した。

「あの変なローブの男、戻って来ないよな？」

「うむ。どうだろうか。もう来ないようなことは言っていたが……」

ミーシャと話していると、アルカが横からグリフォンを指さした。

「あなた様、私にもグリフォンの子供を抱かせてください」

続いて、ティファが俺に話しかけてくる。

「マスター、ここのダンジョンコアがお礼を言いたいようです」

俺はグリフォンの子供をアルカに渡して、ダンジョンコアの方へ向き直った。

「第五百六十二番コアのマスター、お礼を。おかげで通常運転に復帰できました。当ダンジョンマスターの端末も元に戻ったことでしょう」

「ここのダンジョンはマスターがすでにいるのか？」

俺は疑問に思い尋ねる。

「はい、第五百六十二番コアのマスター。端末はエルフの王族に譲渡《じょうと》してある首飾りになります」

ってことは、現女王がダンジョンマスターなのか！　その割にはあまりダンジョンに詳しそうには見えなかったけどな。

まぁ、俺もダンジョンのことは詳しく知らないから、どこもそんなものなのだろう。

それに魔障騒ぎの対応でダンジョンどころではなかったのかもしれないしな。

「あの、あなた様。このことはなにとぞ内密にお願いします」

グリフォンの子供を抱えたアルカが、申し訳なさそうに横から口を挟んだ。

まぁダンジョンマスターの正体がバレるってのも、あまりよくないだろう。

「ああ、もちろんだアルカ。皆も、な？」

全員が俺の言葉に頷いたのだった。


こうして、ダンジョンコアの問題も完全に解決したところで、俺たちは地上へと帰還した。

帰りは、ダンジョンコアに一階層の転移石まで送ってもらった。一階に着いた俺たちは、練兵の間の入り口から外へと出る。

両開きの扉の前で外の兵士に声をかけて、開けてもらった。

久々の娑婆《しゃば》の空気は美味い！

結構長い間地下にいたからなぁ。外の日の光もいつもより眩しく感じる。

「っと。ノーナは留守番大丈夫だったかな？」

ふと気になって呟くと、ティファが前方を指さした。

「マスター、あちらから神獣が来ます」

ちょうど神獣に乗ったノーナが向こうからやってくるところだった。

「ウォフ！」

「あい！　コウへかえってきた！」

神獣が吠えると同時に、ノーナが俺たちを迎えてくれる。

ん？　まだ舌っ足らずではあったが、今普通に喋ってなかったか？　俺がいない間に何があったんだ？

「おう、ただいま。ノーナは喋れるようになったのか」

俺は神獣の胸あたりをワシワシとかきながらノーナに応えた。

神獣は気持ちよさそうに目を細めている。

「ノーナもちゃんと大人しくしていたか？」

「あい！　ノーナえらい？」

「ああ、偉い偉い。神獣もノーナの面倒見てくれてありがとうな」

「ウォフッ」

鼻面を押し付けてくる神獣。こっちもかけってか？　よしよしよーし。

神獣に示されるがまま、鼻の横をかいてやる。

俺が神獣とノーナを撫でていると、横からアルカが声をかけてきた。

「あなた様。まずはダンジョンの件を叔母上に報告しなければ。一緒に来ていただけますか？」

グリフォンの子供を抱えたままアルカが言う。

グリフォン自体はいまだぐっすりだ。

「分かった。じゃあ女王様のところへ行こうか」

俺たちはアルカの案内で神樹の表側の門へと向かった。

ノーナは神獣と外で待っているようだ。

案内されたのは、この間入った応接室だった。話は通っていたようで、女王が中でお茶を飲んで待っていた。

「おお、よくぞ戻ったのじゃ。皆大事ないか？」

女王が俺たちを迎えてくれる。

「はい、叔母上。まずは報告を……」

アルカが、諸々かいつまんで説明した。

神樹のダンジョンコアに魔障の原因があったこと、それを取り除いたこと、黒ずくめの男がどうやら犯人だったということ、その男がグリフォンを出し、先ほどまで戦っていたこと。

それを聞いて、女王は目を丸くした。

「なんと！　そうであったか。しばらく前にこの首飾りが光ったのは、コウヘイの力だったのじゃな！」

「叔母上、コウヘイさんたちには、叔母上が現ダンジョンマスターという話は知られています。他には内密にということも伝えました」

「そうかそうか。うむ、まぁ妾も先代から申し受けただけでな。詳しくは分かっておらんのじゃよ。そのまま次代に継承するだけじゃしな」

女王はそう言うと、手をひらひらさせた。

「これで魔障は綺麗さっぱりなくなったわけじゃな」

ふぅ、と息をつくと女王が俺たちの方へ姿勢を正して向き直る。

「神樹の森の代表者として、そなたたちに心よりの感謝を。此度は本当に助かった。礼を言う」

女王が深々と頭を下げた。それを見て、同席していたラングドジャさんが驚きの声を上げた。

「な⁉　陛下！」

「よいのじゃ。この頭くらいいくらでも下げてやるのじゃ。それから礼じゃが、何が良いかのう？」

周囲の視線が俺へと注がれる。

え？　俺が決めるの？　皆からの注目を浴びて、俺は少したじろいだ。

「えー、あー、うー、そうだな、どこかの土地か家を希望しようかな」

少し悩んでから答えると、女王がつまらなそうに言う。

「なんじゃ、そんなもので良いのか」

「まぁ特に欲しい物もないので……」

「ふむ。欲のないことじゃ」

「もらった土地か家に個人的に使う転移石を置かせてほしいんです」

「転移石とな？」

「はい、まぁまた魔障みたいな騒ぎが起こらないとも限らないので、その時にすぐに来られた方が便利かな……なんて」

理由としては苦しいか？

ぶっちゃけ、帰り道が楽になるからなんだけどな！

「……ふむ。まぁ、良いじゃろう。ラングドジャよ！　ちょうど建てたばかりの家が奥にあったはずよな。そこをこの者たちに与えられるよう手配せよ！」

「はっ！　陛下！」

ラングドジャさんが丁寧に一礼して部屋から出ていく。

「あと女王様、この森のどこかに神像を建てても大丈夫ですか？」

一応俺がいなくなった時に、大地の力がこもった像があれば少しはましなのではないか、と考えたのだ。

「ふむ、神像とな？　どのようなものじゃ？」

「はい、俺をこの世界に連れてきた異世界の神様です」

「なんと！　コウヘイは異世界から来た稀人《まれびと》であったか。妾も目にするのは初めてじゃ。して、神像じゃったな？　うむ。許可する。端の方ならどこでも構わんぞ」

「ありがとうございます」

俺は一礼すると女王との話を終えて、部屋を後にするのだった。

廊下に出たところで、ティファが話しかけてくる。

「マスター、転移石を設置するならば、できれば地下が望ましいです」

「そうか。もらえるのが土地か家かは分からないけど、地下室を造れば問題ないな」

ティファの言葉に俺は頷いた。地下室なら大地の力ですぐに造れるからな。

それから外に出た俺たちは、待っていたノーナと合流する。

俺は神獣から降りてきたノーナの頭を撫でながら大地の力を流してやった。

「あい」

目を細めて気持ちよさそうな顔をするノーナ。

アホ毛もいつもどおりピョコピョコと左右に揺れている。

ノーナの頭を撫でている間に、ラングドジャさんがやってきた。

「コウヘイ殿。お礼の居宅の準備が整いましたぞ」

俺はそちらへと向き直り答えた。

「分かりました。案内をお願いしてもいいですか？」

「はい」

ラングドジャさんに連れられて案内されたのは、神樹から少し離れたところにある一本の木だった。見上げると中腹に、こじんまりとした小屋のようなものが目に入る。いわゆるツリーハウスだ。

おお！　良さげじゃないか。木の周りをぐるりと囲むように螺旋階段《らせんかいだん》が上方に伸びている。

「コウヘイ殿、中もご覧になりますか？」

「はい、ぜひ」

皆で螺旋階段をぞろぞろと上り、小屋の中を見た。

部屋の中は木の香りが強かった。

二階建てで、全部で六部屋あるようだ。いざとなれば俺の力で増築できるから、広さは問題ない。

トイレは水洗で、ウチの拠点と同じように外のタンクに水を溜めて流す仕組みらしい。

いいんじゃないか？　別荘として使う分にはまったく問題ない。

「こちらでよろしかったでしょうか？」

ラングドジャさんが確認してきた。

「はい。問題ないです」

「では、ごゆっくりしていってください」

ニコリと笑ってラングドジャさんが引き返していくと、入れ替わりでミーシャが尋ねる。

「コウヘイ、これからどうするのだ？」

「うん、俺は地蔵を建ててくるよ。ついでに地下室だな。皆はゆっくりしていてくれ」

「あい！　ノーナはいっしょにいくます！」

「あなた様、私は一度実家に戻ります。拠点の森へお帰りの際は、一度声をかけてくださいね」

アルカはそう言うと、寝ているグリフォンの子供を名残惜《なごりお》しそうに俺に渡してくる。

俺は受け取ったグリフォンをそっと抱きかかえ、彼女を見送った。

「マスター、そのままでは手が塞がって不便です」

ティファがグリフォン用に抱っこひもを用意してくれた。

グリフォンの子供を抱えなおしていると、ルンが頭から降りてきて、抱っこひもの中に入っていった。

こらこら、グリフォンの子供が起きちゃうでしょうが。

俺はティファとノーナを連れて外の階段を下りる。

アインとツヴァイには家で待機してもらった。

まずは地蔵からだな。

もらった家から少し奥に行ったところに建てるつもりだ。

手ごろな岩があったので、大地の力を流して、元の世界の地蔵とロキ神の像を作った。

作り終えて一礼すると、像がポワンと光る。

よし、次は転移石の設置だな。

「ティファ、転移石は地下に作るのが良いんだっけか?」

「はい、マスター。地脈の力を使うので、地下が望ましいです」

「あい!」

へぇ、なるほど。ダンジョンが地面の下にあるってのは、理にかなっているんだな。

「あまり俺たちの領域を広げるのもなんだから、もらった家の木の下に作ろうか」

「はい、マスター」

「コーへ、地面掘るます？」

俺とティファが話していると、ノーナが疑問の声をあげた。

「ああ、ノーナ。大人しくしておけよ？　危ないからな」

「あい！」

もらった家の木の下に着くと、俺は屈んで地面に手をついた。

ズモモモモッと木の根が避けていき、地下へと続く階段が出来上がる。

「さて、下りるか」

「はい、マスター」

「あい！」

下へ行くとそこは、壁に木の根が張り巡らされている八畳ほどの空間だった。

ティファがスタスタと中央に向かう。

「では、転移石を設置します。マスター、まずはワタシのコアに力を」

ティファのコア？　一体どこにそんなものがあるんだ？

俺が怪訝《けげん》な顔をしていると、ティファがいきなり俺の手を掴み、自分の胸に押し当てた。

これがコアかよ！

俺は内心慌てつつ、彼女に言われた通りに大地の力を流し込んだ。

ノーナが見ていることもあって、かなり気まずい。

「マスター、もう大丈夫です」

ティファがそう言って俺の手を放した。

ティファは両の手をバレーボールを抱えるように構えると、目をつぶった。

一瞬強く光ったかと思ったら、その両手には鈍く輝く転移石が抱えられていた。

「少し小さくないか？　この転移石」

「いえ、マスター。この大きさで十分です」

そうなのか。ティファが言うならそうなんだろう。

俺は地面に手をつき、転移石の台座を作った。

自分の腹くらいまでの高さがある台座が完成し、俺はティファに声をかけた。

「台座はこんなもんでいいか？」

「はい、マスター」

出来上がった転移石が台座にガッチリと嵌め込まれた。

「これでとりあえずはスティンガーのダンジョンまで行けるのか？」

「はい、マスター。お望みとあれば最下層までご案内できます」

「コーへ、まただんじょんいってナイナイする？」

「いや、しばらくはダンジョンには潜らないよ」

「よかった！」

ノーナもしばらく俺たちがいなくて心細かったのだろう。

俺はノーナの頭を撫でながら、ティファと樹上の家に戻る。

家に入り、俺はミーシャに声をかける。

「転移石は設置し終わったぞ。これでスティンガーのダンジョン入り口まですぐだ」

「うむ。存外早かったな。これですぐに帰れるのか？」

「あ、ああ。スティンガーの町経由だけどな。だいぶ近道だろ？」

帰宅の算段もついたところで、俺たちはアルカの家に向かった。

帰る前に立ち寄るように言われていたからね。

途中でビッグ・コッコの家族にも会ったので、お別れの挨拶を交わした。

ノーナはしばらくもふもふの羽毛に抱きついて離れなかった。

アルカの実家に着き、俺はさっそく話を切り出す。

「アルカ、準備も済んだから、俺たちはそろそろ拠点に帰る」

「はい、あなた様。この度は本当にありがとうございました」

「おう。達者でな」

「あなた様の方こそ。それから……物は相談なのですが、近々私も拠点の方に顔を出しても構わないでしょうか？　あのお風呂にまた入りたいのです」

「おお、構わないぞ。神獣も気に入っていたようだしな。十日くらい見てくれれば、拠点にも転移石を設置できると思う」

「では、その準備ができましたらまたお伺いします」

アルカとの挨拶を終えると、俺はもらった家の地下に向かう。

「マスター。行き先はスティンガーのダンジョンの入口で良かったですか？」

「おう。それで頼む」

転移石に触れたティファに皆が手を置く。

「スティンガーのダンジョンの地上へ。転移」

グラッとした感覚の後、一瞬でスティンガーの町に着いた。

「ここも久しぶりだな」

スライムのルンが頭の上でみょんみょんと上下運動をし出す。

「ミーシャ、ギルドの派出所で捌ける素材は売ってしまうか？」

「うむ。その方が良いだろう」

ミーシャの同意を得て、ギルドの派出所で魔石や素材を売り払った。

溶岩水竜の牙なんかはもったいないから売らなかった。

ついでにグリフォンの子供とツヴァイの従魔登録は済ませておいた。

それと、ノーナとティファの身分証を得るために冒険者登録も済ませた。

ノーナは保護者の同意が必要とのことで、俺とミーシャが保護者枠だ。

ティファは見た目で判断して、一応俺たちと同じ十二歳ということにしておいた。

「今日は町に泊まっていくのか？」

俺はミーシャに尋ねる。

「うむ。銀月亭《ぎんづきてい》が空いていれば良いのだが……」

ダンジョンのある建物を出て前に止まった宿屋の銀月亭へ続く道を歩く。

この道も久しぶりだな。俺は今晩の飯のことを考えながら口の端をニヤリと上げるのだった。


宿に着き、荷物を部屋に置いて、俺は食堂にやってきた。

賑やかな食堂で、抱っこ紐でグリフォンの子供を抱えた俺が先に席に座り待っていると、ミーシャがノーナの手を引いて二階から降りてきた。

「ミーシャ！　こっちだ！」

俺はミーシャに手を振って席の位置を示した。

グリフォンの子供が晩飯の匂いに釣られたのかガサゴソと起き出す。クアッとあくびしていた。

ほわほわの頭を撫でてやると、目を細めてクルルと鳴いた。

ミーシャとノーナが席に着き、遅れてティファがやって来る。

そこへ宿の看板娘であるメイちゃんがお盆を持ってやってきた。

「おまちどー様ですー。今晩はー、オークの黒アヒージョですー♪　ご飯とパンが選べますー」

サーブされた鉄の皿の中身はグツグツと煮え立っていた。

湯気から食欲を誘う香りが漂ってくる。油が爆《は》ぜる肉の表面を見てぐぅ、と腹の虫が鳴る。

俺はご飯とパンの二択で悩んだ末に、ご飯を選んだ。

ミーシャとノーナはパンで、ティファは俺と同じご飯だ。

程なくしてご飯とパン、スープにエールが運ばれてくる。

「それではー、ごゆっくりーどーぞー♪」

メイちゃんがパタパタと去っていく。

もう待てん！　とばかりに俺は食器を取った。

まずはオークの肉にフォークを突き刺す。

口に入れると、しょっぱい油のヴェールが剥がれた。

ブツリと肉を噛《か》みちぎり、慌ててご飯をかき込む。

一緒に煮られた野菜やキノコも美味い！

おっと、自分が食べるのに夢中で、ルンとグリフォンの子供に分けるのを忘れていた。

ナイフで小さく切り、それぞれに分け与えた。

ルンは体を広げて捕食して、グリフォンの子供は肉が熱かったのか、あむあむと噛んでいる。

「マスター。これは美味ですね……」

ティファ、この宿の飯に言葉はいらない。黙って食すのみだぞ。

第八話　ドワーフのSOS

拠点から少し外れた森の中で私――マロンは静かに息を潜めていました。

「狙い目ぇですぅ」

「ですです」

「ふたりとも静かにするんだぜ……」

マロンとリィナに注意してから、エミリーがキリキリと弓を引き絞って狙いを定めます。

目標は目の前の森林鹿です。薄緑と茶色のまだら模様の毛皮に、立派な角がついた大きめの個体です。今晩の食卓に並ぶ様を想像してよだれが出そうになりますね。

……ジュルッ、ゴシゴシ。

マロンたちの脇には、ウッドゴーレムのウノさんとドスさんも片膝をついて控えています。

「ふっ」

エミリーの短い呼気とともに矢がヒュッと放たれます。

「ギャッ！」

見事、森林鹿の首に矢が命中しました！

マロンとリィナが同時に駆け出し、森林鹿の方に向かいます。

鹿は首に矢が刺さり、興奮しているようです。

普通の動物だったらこの時点で逃げ出しているのですが、さすがは魔物。

この状態でも敵意マシマシです。後ろ足をザッザッと蹴って威嚇し、立派な角で攻撃しようとしています。

「マロンがぁタンクを務めますぅ」

「です！　リィがトドメを刺すです！」

マロンはメイスを構えて大きな森林鹿と向き合います。

ちょっと怖いですが、森林鹿は何回も狩ってますからね。慣れたものです。

「キュアオッ！」

来ます！　森林鹿は鳴き声とともに角を前に出して突進してきました。

それをマロンはメイスの先端でいなします。

突進の方向をそらされて、森林鹿がよろけました。

そこに、回り込んだマロンがメイスで角を押し込みます！

膠着状態になった隙をついて、リィナが首筋に剣をズプリと突き入れます。

「リィナ！　引くんだぜっ！」

後方で矢をつがえて警戒にあたっていたエミリーの注意に、リィナが後ろに下がります。

ヒュッと音を立てて再び矢が放たれ、森林鹿の眉間に深々と刺さっていたのでした。

ドウッと森林鹿が倒れ込みます。

ビクビクと痙攣していた森林鹿は、程なくして動かなくなりました。

血抜きを現場で済ませ、即席の担ぎ棒でウノさんとドスさんに森林鹿を背負ってもらい、マロンたちは小屋に戻ります。

おや？　小屋の前に誰かが座っていますね？　一体、誰でしょうか……

ひとまず倉庫の前で鹿を解体する準備をしてから、マロンが対応します。

三人で大きな森林鹿を吊り上げて、解体する準備を始めました。

「お客さんがぁ来てるぅみたいですぅ」

「ですです」

「アタシとリィナで解体しておくんだぜっ」

小屋の前に座っていたのは、背の低い女の子でした。

とはいっても、私たちとそれほど違いはありませんが……

「こんにちぃはぁ」

「あ、どもです」

背の低い女の子はペコリとお辞儀をします。

「ウチにぃ何かぁご用ですかぁ」

「あ、はい。こちらで反物を取り扱っていると聞きまして。一度見せていただけないかと……製作者の方にもお会いしたいです」

反物ですか……これはコウヘイさんの案件ですね。

ひとまず小屋に上がってもらい、居間でお茶を出しながら話を聞くことにしました。

マロンは鍋に火をかけてから外の倉庫へと行き、反物を持ってきました。

お茶を入れ、反物を脇に抱えて居間へと行きます。

「それでぇ？　お名前を聞いてもぉいいですかぁ？」

マロンはお茶を出しながら尋ねます。

「どもです。ボクはクーデリアと申します。呼びにくければクーで構いません。ドワーフの国から来ました」

「私はぁマロンですぅ。反物はぁこちらですぅ」

なんとこの女の子はドワーフだったようです。

クーデリアさんはマロンが渡した反物をまじまじと見ています。

マロンはお茶を飲みながらそれをぼーっと眺めていました。

「これは……この魔力の通り方……！」

何やらクーデリアさんは難しい顔をしながらゴニョゴニョ独り言を言っています。

「あの！　ボクの魔道具でこの反物を検査してもよろしいですか？　商品には傷は一切つけないので！」

難しい顔をしていたクーデリアさんが、そんなことを言ってきます。

検査？　何か問題でもあったのでしょうか？　コウヘイさんが作った布ですけど……

「はいぃ、傷が付かないというぅお話ならぁ構わないですけどぉ……」

マロンはクーデリアさんがどうするのか眺めることにしました。クーデリアさんがガサゴソと大きな背負い袋の中からペンダントトップのような物を取り出し、反物に沿わせていきます。

すると、その魔道具の中心についている宝石みたいな物が、淡く黄色に光りだしました。

「これは……大地の……やはり！」

何やら納得のいった様子のクーデリアさんが、ガバッとこちらに向き直ります。

「この布の製作者の方に一度会わせてはもらえませんか？　詳しく話を聞きたいです！」

クーデリアさんが凄い勢いでまくしたてます。

「はいぃ、それは大丈夫ぅだとぉ思いますがぁ……」

マロンはクーデリアさんに、製作者は今所用で出かけていること、最短でも十日は戻らないことを伝えました。

「そうですか……それでしたら、しばらくココにボクを泊めてもらうことはできますか？　その方のお帰りを待ちます！」

ええ……どうしましょう……と、マロンが思い悩んでいると、玄関からにぎやかな声が響いてきました。

どうやらリィナたちが解体を終えたようですね。

「ですですー」

「今晩はごちそうなんだぜっ」

クーデリアさんが、入ってきたリィナとエミリーにペコッとお辞儀をします。

「何の話をしていたんだぜ？」

エミリーがマロンに聞いてきました。

「こちらのぉクーデリアさんがぁ、コウヘイさんにぃ会いにぃ来たんですぅ」

「です？」

「あんちゃんか！　あんちゃんはしばらく帰らないと思うぞ！」

そうなのです。

かといって、このままお帰りいただくのも、女の一人旅ということを考えたら心配です。

「それならあんちゃんが帰るまで泊まっていったらいいと思うんだぜっ。客間なら前にエルフのねえちゃんが使っていたのがあるんだぜっ」

エミリーがそう提案しました。

見知らぬ者を泊めるのはいささか気が引けましたが、家主の客人ならば問題ないとも思えます。そうですね。泊まって待っていただきましょう。

そうしてドワーフの少女――クーデリアさんと、マロンたち三人でコウヘイさんの帰りを待つのでした。

◆　◆　◆

銀月亭に一泊した翌朝、俺――コウヘイは宿で朝食を済ませた後、出発した。

「またのお越しをー」

ペコリと挨拶するメイちゃん。

「おう、またな」

「うむ」

宿を出て、街の入り口の門へと歩く。

「そろそろこのグリフォンの子供にも名前を付けないとな～。ミーシャも考えてくれないか？」

「む。ミーシャもか？　こういうのはからっきしでな……」

うむぅ、期待できないか。

「マスター、毛並みがきれいなので、色にちなんだ名前はどうですか？」

ティファのアドバイスに従って、俺は再度考え始めた。

「色かぁ……こがね、ゴルド……」

そのまま町の門を出て、両側に穀倉地帯が広がる道を歩く。

開拓村へと続く道だ。

農家の人が何かの作業をしているのを横目に、俺は名前を考えながら歩いた。

空を見上げると澄んだ青空がどこまでも続き、海の中を見渡しているような気分になる。

「う～ん、そうだな……ヴェルにしよう！　お前の名前はヴェルだ」

パッと閃《ひらめ》いて名付けた俺はヴェルを撫でてやった。

「クルルル！」

ポワンッと一瞬光ると、ヴェルは嬉しそうに鳴いた。


そこから三日で、俺たちは開拓村にたどり着いた。

「マット！　いるか⁉」

村の一番大きい家の前に着くと、ミーシャが叫ぶように声をかける。

ドタドタと音が鳴り響いたと思ったら、中からマットさんが出てきた。

「おう！　ミーシャか！」

「うむ。今晩世話になってもいいか？」

「いいぜ！　まぁ上がれ！」

マットさんはそう言うと、俺たちを招き入れた。

勝手知ったるといった様子で皆で家に上がらせてもらった。

アインとツヴァイは納屋に待機させた。

皆で入ると、居間は少し手狭に感じた。

「おう！　今度はどこに行ってたんだ⁉」

マットさんが尋ねてくる。

「うむ。森の拠点のさらに奥にある、エルフの国だな。そこに行ってきた」

「ふむ。そいつぁ初耳だな！　そんな辺鄙《へんぴ》なところにエルフは住んでいるのか！」

「意外と栄えていたぞ。木の上に住んでいるのだ」

ミーシャが答えた。

「こちらでは何か変わったことはありましたか？」

俺はマットさんに尋ねた。

「ウチにドワーフの女の子が尋ねて来たぞ！　反物の作り手を探しているようだったからな！　コウヘイの家がある森の奥を紹介したんだった！　そういやぁ、王都の方にはドワーフの使節団が来ているらしいな！」

「む。ドワーフか」

マットさん曰く、どうやら俺を探す者がいたらしい。それにドワーフの使節団？

「何かあるのか？　ミーシャ」

俺は怪訝な顔をしているミーシャに聞く。

「うむ。偏屈《へんくつ》な者も多いと聞く。話の通じない者がたまにいるのだ」

へぇ。なんだかイメージ通りだな。俺の中でもドワーフには頑固なのが多い印象だ。

「何か探しているらしいってのは聞いたがな！　詳しいことは知らん！」

ガハハと笑いながらマットさんが言う。

まぁ、俺たちも王都に用事はないし……関係ないか。

そうして俺たちはマットさんのお宅で夜を明かすのだった。

翌日、開拓村を発《た》ち、途中でまた野営を一泊して、ようやく湖の見える地点までやって来た。

「ふぅ。ここまで来ると帰ってきたって感じがするな」

ミーシャたちと話しながら森を抜けると、程なくして拠点が見えてきた。

残してきたゴーレムのドライやウノ、ドスが畑の世話をしている姿が目に入る。

気のせいか、少し元気がないようだ。

ミーシャたちはさっそく小屋の中に入っていき、アインとツヴァイは倉庫の方に歩いていった。

俺は畑の方へと行き、ドライ、ウノ、ドスを労《ねぎら》う。

「ただいま」

一体一体の肩を撫でながら大地の力を流すと、ゴーレムたちが三体とも淡く光る。

さっきまで元気がなさそうだったゴーレムたちが復活したように見えた。

ゴーレムに力を注ぎ終えると、俺は小屋へ足を向けた。

「おかえりぃなさいですぅ」

「ですです」

「意外と早かったんだぜ！」

マロン、リィナ、エミリーが俺に気付いて出迎えてくれる。

「おう、ただいま。変わりはなかったか？」

「はいぃ。ただ、お客さんがぁ来ていますぅ。今はまだぁ寝ていますがぁ、後でぇ話をぉ聞いてほしいですぅ」

「です！」

「ちゃんと反物も売ってきたぜ！」

どうやらお使いはちゃんとこなしてくれたみたいだ。お客さんっていうのは、この間マットさんが言っていた人かな？　ひとまず俺は、自分の部屋へと戻り、荷を下ろした。

木の端材から一抱えほどのカゴを作り、抱っこ紐をゆるめてヴェルを入れる。

「クル」

ヴェルはクァッとあくびをしていた。どうやらおねむのようだ。

「今のうちに転移石の準備も済ませちゃうか」

俺はティファの部屋へ行き、ノックをして声をかける。

「ティファ、転移石の設置をお願いしたいんだが、大丈夫か？　風呂に行く前に頼む」

「はい、マスター。さっさと済ませてしまいましょう」

ティファがお風呂セットと着替えを持って扉を開けた。

俺たちは小屋を出て、地下室のある倉庫へと向かった。

ついでに地下に降りる階段と地下室を広く拡張する。

「広さはこんなもんでいいか？」

「はい、マスター」

ティファはそう返事をしてから、俺の手を取って、自分の胸にあてがった。

ティファに大地の力を流すと、彼女は両手の間に鈍く輝く転移石を生み出した。

俺が用意した台座に転移石を嵌め込めば完了だ。

「では、マスター。ワタシはお風呂に行ってまいります」

設置し終えると、ティファはすぐに階段を上がっていった。

さて、せっかく地下に来たし、俺はこのまま倉庫の片付けでもするか。

倉庫を整理して、旅の荷ほどきも済ませると、三人娘が俺の部屋にやって来た。

「コウヘイさん～、お客さんがぁお目覚めですぅ」

「ですです」

「けっこう泊まって待っていてもらったんだぜっ」

「おう、今行く」

忘れる前にそちらも済ませておかないとな。

居間に移動すると、背の低い女の子が立って待っていた。

「はじめまして、ボクはクーデリアと言います。クーとでも呼んでください。ドワーフの国から来ました」

ドワーフの女の子か！　初めて見た気がする。

スティンガーの町で見かけたドワーフらしき人は男性だったからな。

クーデリアの髪は水色で、肩のあたりで短く切り揃えられていた。

髪型だけ見ると一瞬少年のようにも見える。

水色の目は、まるでよく磨かれたアクアマリンのように美しく、透明感があった。

一人称が『ボク』ってことは、ボクっ娘ってヤツか。これも初めて見たぜ。

「コウヘイさん、ボクと一緒にドワーフの国に来てくれませんか？」

何やら俺を必要としているみたいだけど、俺からしたら、いまいち内容が見えてこないんだがな。

「ちょっと待ってくれ。そもそもクーは何でここに？」

俺が問いかけると、クーデリアがゆっくりと答え始めた。

何でも、彼女は今王都に滞在中のドワーフの使節団の一人で、この国には探しもののために来ているということだった。

それでその探しているものというか人が、俺かもしれない……と。

いやー。俺は自分でも言うのも何だが、何の取り柄もない平凡な男だ。

そんな俺が、ドワーフの国が求めるような人間であるとは思えないんだが……

「クー、何かの勘違いってことは？」

「いえ、コウヘイさん。この検査の魔道具で確認したので間違いありません。コウヘイさんこそが探し人であると言えます」

キリッとした表情でペンダントのような魔導具を持ちながらクーデリアが言う。ペンダントの中心に嵌まった黄色い宝石がほのかに明滅していた。

「その魔道具が故障しているって可能性は？」

「それはありえません。我が国の特級錬金術師が作り上げた一品です！」

少しムッとしながらクーデリアが答えた。

「それで探し人だったか？　俺はドワーフの国に行って何をすればいいんだ？」

「我が国の特別な炉《ろ》を直してほしいのです」

炉だって!? こちとら錬金術をかじっているが、鍛冶《かじ》のことなんてさっぱり分からないぞ?

「いや、やっぱり俺が力になれるとは思えないんだが……」

「もうコウヘイさんにすがるしかないのです!」

クーデリアが叫ぶように応えたところで、ドアが開いた。

「うむ。何やら騒がしいと思えば……お客さんか」

ミーシャが居間に入ってくる。

「途中からで話を全部は理解できていないが、コウヘイが一度顔を出せば、向こうも納得するのではないか?」

「ミーシャ、そうは言ってもだな……」

ドワーフの国がどこにあるのかは知らないが、帰ってきたばかりですぐにまた出かけるというのも……

「我が国の飛竜便《ひりゅうびん》で責任を持ってお送りいたします!」

クーデリアが必死に訴えた。

「飛竜便って? どんな物?」

言葉の響きに興味を引かれた俺は、ちょっとワクワクしながら聞いた。

「はい、大型の飛竜を飼いならし、その背に乗って人や物を運ぶのです」

クーデリアの説明を聞き、俺は頷いた。空の旅ってことか。なんだか面白そうだ。

「それじゃあ、まぁ力になれるかどうか分からないけど、とりあえず行ってみるか」

「ありがとうございますっ」

こうして俺の次の行き先がドワーフの国に決まったのだった。

第九話　拠点での休息

ドワーフの国に行くと決めたとはいえ、俺たちはエルフの国から戻ってきたばかりだ。

少しは休む時間が欲しいし、準備も必要だ。

俺がその旨を伝えると、クーデリアは承諾してくれた。

聞けば誰かの人命がかかっているという訳でもなさそうだし、神樹の森の時ほど逼迫《ひっぱく》した状況ではないだろう。

俺はしばらく釣りをしたり、たまに農作業をしたりと、久々の森でのんびりと過ごした。

それから、魔術の練習だ。

神樹の森のダンジョンでは、まだ実戦で使える水準になかったため、魔術は使っていなかった。

発動まで少し時間がかかるのだ。

ティファのように撃てれば、俺も魔術を戦いに組み込めるのだが。

今は時間を縮めるのが課題か？

いまだに寝る前の魔力循環の訓練は続けている。

塵《ちり》も積もればなんとやらで、魔力もかなり楽に動かせるようになった。

俺は古代文字で書かれた魔術教本を片手に小屋の外に出た。

岩で作った的めがけて魔術を放っていく。アロー系やボール系の魔術を各属性に変化させながら、変化魔術の練習をした。

ボロボロになった岩の的を大地の力で修復してまた魔術を放つ。その繰り返しだ。

お？　段々と発動が早くなってきている気がする。

今度は的の岩の前に自分で障壁を張って、そこに魔術を当てた。

正直、自分の左手を右手で殴っているような感覚だが、古代文字で書かれた教本には有効な練習法として書かれていた。複数の魔術を展開する練習にもなるからね。

魔術が上達した手応えを感じているうちに昼になったので、俺は練習を一時中断した。

軽く昼食を済ませてから、午後は空間魔術の練習に移った。

空間魔術は属性がない無変化魔術の中でも特殊で、物に作用する。

空間属性というものはない。

上達して魔術を発展させていけば、アイテムボックスみたいな亜空間を作り出したり、転移の魔術を使えたりするようになるとか。

まぁ、先は長い。

神樹のダンジョン最下層で遭遇したあの気色悪い喋り方のローブの男は、転移したりアイテムボックスみたいな感じで亜空間から物を取り出したりしていたな。

あそこまでできるようになるには、果たしてどれだけの時間がかかるのか。

俺は遠くにある石を手元に引き寄せながら、そんなことを考えた。


それから数日後。

久々にカレーがどうしても食べたくなった俺は、ドワーフの国に行く前に作っていこうと考えた。

外の倉庫に行き、前にスティンガーの町で買い漁《あさ》ったスパイス類を持ってくる。

各種類ごとに匂いを嗅ぎ、味見をして選別していく。

チリペッパーもどきやウコンもどき、そして香り付けとなるスパイスを四つ選別した。

持ってきたスパイスをそれぞれ砕いて粉状にしてから、程よい塩梅《あんばい》になるように混ぜ合わせていく。

そして具は途中まで肉じゃがを作る要領で調理して、そこにバターを加えた。

最後に自作のカレースパイスを投入すると、ムワッとスパイスの匂いが広がった。

食欲を誘う強烈な匂いだ。

もちろん米も忘れずに炊いてある。

完成したものを少し味見したが、結構いい線行っているんじゃないか？

日が沈み、ミーシャが狩りから帰ってくる。三人娘が釣りから帰ってくる。

「うむ？　この匂いは何だ？」

家に入るなり、ミーシャがカレーの匂いに反応した。マロンたちも匂いにつられて、バタバタと入ってくる。

「はいぃ。お腹ペコペコですぅ」

「ですですー」

「美味そうな匂いだぞ！」

三人娘はこちらを気にしつつ、台所でパタパタと魚の下処理を済ませるのだった。

夕食の時間には、皆の前にカレーライスが並んでいた。

「さて、いただくか」

俺がそう言うと、皆がさじを取った。

「うむ。これは……！」

「辛いけどぉ美味しいですぅ」

ミーシャとマロンが絶賛した。

「ふぅふぅ、です」

「これは美味いな！　何て料理なんだぜっ!?」

「カレーライスだよ。俺が元いた世界の国でも人気食だった」

リィナが熱そうにしながら食べる横で、俺はエミリーの質問に答えた。

「ボクも初めて食べます……」

クーデリアも見たことのない料理だったらしく、おそるおそる口に運んでいた。

「マスター。毎日カレーライスにしましょう！」

一口食べてすぐに、ティファがさじを片手に立ち上がって言った。

いや、毎日はさすがに飽きるだろ。

「このカレーで良ければたまに作ってやるよ」

俺は苦笑しつつ、ティファに答える。

ルンはカレーを呑み込んでプルプル震え出すと、みょんみょんと体を斜めに上下させた。

お？　この動きは初めて見るな。美味かったか？

「コウヘイさん！　美味しいです」

クーデリアの口にも合ったようだ。

「おかわりもあるぞ。たくさん作ったからな」

「「「「おかわり！」」」」

皆が一斉に残りを食べて、皿を差し出した。

「ボ、ボクも！」

こうして試しに作ったカレーライスは成功に終わったのだった。


翌朝、俺は寝ぼけた頭を起こすべく朝風呂に入ることにした。

まだこの時間なら誰も入っていないだろう。

「ふあぁ」

俺はまぶたを擦りつつ、お風呂セットを準備する。

ヴェルはカゴの中で寝息を立てていた。

スライムのルンは布団の上でもぞもぞ動いたと思ったら、俺の頭の上に飛び乗ってきた。

「ははっ。ルンも朝風呂に入るか？」

みょんみょんと上下運動をするルン。

俺は頭の上のルンを一撫ですると、小屋の外の風呂へと向かう。

外は朝霧《あさぎり》が立ち込めていた。俺は森の香りを胸いっぱいに吸い込みながら、脱衣所へと歩き出す。

まだ日が出て間もなくなので、脱衣所の中は若干薄暗かった。

俺はサッと服を脱ぎ、風呂場の扉を開けた。

「おお、さぶっ。早いところ湯に浸かろう」

夏真っ盛りとはいえ、森の朝は少し肌寒い。

湯気で視界が悪い中、俺は足元に気を付けつつ洗い場へ向かう。

ザッとかけ湯をしてから、ソープナッツの実を潰して泡立てていると、ルンが足元に体当たりしてきた。

「ははっ。いつものか？」

俺は泡を取ってルンに擦りつけてやり、両脇からルンの体をキュッと押さえる。

ルンがニュルンとはみ出て遠くへ発射される。

勢いよく飛び出したルンがまた戻ってきて、同じ遊びを催促する。

しばらくルンに付き合いつつ、俺は体を洗った。しかし、ルンはこの遊び好きだなぁ。

そんなことを思いながら、俺は泡を落として湯に浸かった。

「ふぃ～」

一息吐きながら湯を首筋あたりにかける。

ルンもプカプカと浮かんでいる。

気持ちよさそうだ。両手でお湯をすくい、顔に揉み込むようにかけると、奥に人影のようなものが見えた。

立ち込めた湯気の中、目を凝らす。

ゴシゴシとまぶたを擦っていると、風に吹かれて一瞬湯気が晴れた。

そして湯船の端に幼女が浸かっているのが見えた。

「おおう!?」

驚愕する俺。

ノーナじゃないよな？　髪の色は違ったし、一瞬だったが銀髪に見えた。

見たことない子だな。再び湯気で姿が見えなくなった。

「あの～、そこにいる方はどちらさんでしょうか？」

俺は意を決して尋ねてみる。

「うむ？　その声はコウヘイか。それにしても、ここの風呂はいい湯じゃのう」

湯気の向こうから返事があった。

どうも向こうは俺を知っているらしい。しかし俺の知り合いにこんな幼女なんていないぞ!?

とりあえず俺は会話を続ける。

「はぁ。なんでも体力と魔力を回復させるお湯だとか」

俺は頭に疑問符を浮かべながら答えた。

「これはしばらく通うしかないのじゃ。ということでコウヘイ、厄介になる」

「はぁ。それは良いですけど……」

一体誰なんだよ。驚いたはずみで眠気も吹っ飛んでしまった俺は、早々に湯を上がることにした。

「そんじゃ、俺はもう出ますんで、ごゆっくり……」

銀髪の幼女は何やらゴニョゴニョ言っていたが、俺はスルーして湯を上がることにした。

ルンはもう少し浸かっていたいようで、気持ちよさそうに湯船を漂っていた。

少し明るくなってきた脱衣所で体を拭き、服を着ていく。頭は送風の魔法で乾かした。

ちらりと辺りを見回すと、隅の方に幼女の着ていたものらしい服が畳んであった。さっきは薄暗くて見落としていたんだな。

さっぱりとした気分で小屋に戻る途中、倉庫の地下から上がってきたアルカとばったり出会った。

転移石で神樹の森からやって来たのだろう。神獣も一緒だ。あの通路の大きさでも通れたんだな。

「おはよう、アルカ。久しぶりってわけでもないが、しばらくぶりだな」

「はい、あなた様。おはようございます」

見るとアルカと神獣も元気そうだ。

魔障の後遺症《こういしょう》もなさそうで何よりだ。風呂に入りたいって言っていたから、それで来たのかな？

「アルカと神獣も風呂か？　今は先客が居るけどな」

「……あなた様。つかぬことをお聞きしますが、その先客とは、幼い子供の姿をしていませんでしたか？」

「ああ、なんかアルカみたいな銀髪をした幼女がいたな」

「……前に一度……ここに……やはり、ここでしたか。それではあなた様。私はお風呂場へと参ります」

何やら納得した様子のアルカと神獣は風呂へと足を進めていく。

「いったいなんなんだ？」

俺は疑問に思いながらも拠点の自分の部屋へと戻った。

しばらくすると、髪をしっとりさせたアルカが小屋へとやってきた。

件《くだん》の幼女を隣に連れて、ルンを抱えている。

幼女は近くで見ると、アルカと良く似た容姿で銀髪に赤目、エルフ耳だった。

んん？　なんかどこかで見たことある気がするんだよな。

いや、思い出せん。

「あなた様、今日もいいお湯でした……ではなくっ。叔母上が何か粗相《そそう》をしなかったでしょうか？」

「なんじゃアルカちゃん。妾は粗相なぞしとらんのじゃ。のう？　コウヘイ」

「はぁ、まぁ」

状況が呑み込めず、俺はなんとも曖昧な返事をしてしまう。確かに風呂に先客がいた時はびっくりしたが、それくらいだ。

アルカが幼女に向かって注意する。

「叔母上もいきなり行方《ゆくえ》をくらませるのは困ります。皆も心配しておりますよ？」

「むぅ、致し方あるまい。今日のところはこれで戻るか」

どうやらもう神樹の森に帰るらしい。

「なぁアルカ。さっきから叔母上ってその幼女を呼んでいるけど、どういうことだ？　たしかエルフの女王もアルカの叔母だったと思うが、もっと大人の女性だったし……」

「むむ、コウヘイ。まだ気づいていなかったのか」

幼女が腕輪をいじって魔法を発動した。

幼女の体を光の繭《まゆ》のようなものが包み込み、光が収まると、そこに大人の女性が現れる。

「妾はゼフィランサス・セフィロトス。ゼフィちゃんと呼んでいいぞ」

姿を元に戻した神樹の森の女王が立っていた。

俺が唖然としていると、アルカが女王を引っ張りながら言った。

「転移石も使えるようになりましたし、また温泉に入りにくることもあるかもしれません。その時はよろしくお願いしますね。では行きますよ、叔母上」

「うむ、ということでこれからも頼むぞ、コウヘイ」

俺はいまだに状況が呑み込めないまま、アルカたちを見送るのだった。

「あ、あぁ」


さて、飛竜便での空の旅に釣られてドワーフの国へと行くことになったわけだが、またメンバーを決めないとな。俺一人で行くのは寂《さび》しい。

その日の夕食が終わってから、皆にドワーフの国へ行く件を相談した。

「……というわけで、このクーことクーデリアの案内でドワーフの国へと行くことになった」

俺の説明を受けて、クーデリアがペコリと頭を下げる。

「ミーシャは一緒に行くぞ」

「マロンたちはぁお留守番ですかぁ？」

「です？」

「また反物を売りに村へ行くのか？」

ミーシャが挙手する横で、マロンとリィナとエミリーが揃って首を傾げた。

「ああ、そうしてくれると助かるけどな。行くか？　ドワーフの国。遠いぞ？」

俺が聞き返すと、三人とも首を横に振る。

「うぅ～ん……やっぱりぃお留守番しますぅ」

「ですです」

「アタシは残るのがいいな！　狩りの練習もしたいし！」

「そうか。分かった。他の皆はどうする？」

ノーナがビッと元気よく手を挙げた。

「ノーナいくます！」

「マスター。今回は残ります」

ティファは長い期間風呂に入れなかった前回の旅を思い出したのか、フルフルと首を横に振った。

ということは、俺とミーシャとノーナだけかな。

ティファが残ってくれるなら、三人娘の面倒も任せられるし、ありがたいな。

とはいえ、ティファもティファで世間の一般常識に疎いところがあったりするんだけどな。


翌朝。まだ朝もやが残る中、俺は旅の準備を整えて拠点の家を出た。

今回連れていくゴーレムは、ツヴァイとドライだ。アインは今回お留守番だな。

外で待っていると、ミーシャがいつもの冒険者装備で家から出てくる。

「コウヘイ、待たせたか？」

「いや、大丈夫だ」

俺はいつもの冒険者装備に加えて、さらに抱っこ紐をかけている。その中にはグリフォンの子供のヴェルがいる。

ドワーフの国に行くなら武器の鍛冶も頼めないかと思い、ツヴァイの背負籠の中には溶岩水竜の牙などの様々な素材を詰め込んだ。

「では行きましょうか。まずは王都へ。ボクの同胞たちと合流します」

クーデリアがそう言って、先頭を歩き出した。

道中はトラブルなく進み、あっという間に開拓村に到着。

マットさんのところで一泊世話になってから、目的地に向けて再出発だ。

スティンガーの町には三日ほどかけて到着。

馴染《なじ》みの銀月亭で一泊することに決めて、ついでに空き時間でドライの従魔登録を済ませた。

さらに翌朝、別料金の朝食を取り、銀月亭を後にした俺たちは、王都行きの乗合馬車を探した。

ここからは馬車移動だ。料金の交渉をして乗り込むと、俺は初めての馬車に興奮して、中を見回した。

木製の車体にアーチ状の骨組みがあり、それを幌《ほろ》で覆っているような馬車だ。馬は四頭引きで、客車自体はかなり大きかった。

次々と人や荷物が乗り込んでくる。

俺は端の方にツヴァイとドライを待機させた。

程なくして馬車が出発した。

ガタゴトと音を鳴らして馬車が石畳の上を走る。

うっ。揺れで結構突き上げられるな。舗装された町中でこれかよ。こりゃぁ町の外は相当だろうな。

俺は早くも顔をしかめながら、幌の隙間から外を眺める。

ノーナはご機嫌だった。膝立ちで俺と同じように外を眺めている。

ミーシャとクーデリアは目をつぶって座っていた。皆この揺れでよく平気だな。

俺は抱っこ紐の中で大人しくしているヴェルの頭を撫でながら、そんなことを思った。

ガタゴトと穀倉地帯を抜けて橋を渡り、王都への道を進んだ。時折、反対方向から来る馬車とすれ違った。

日が傾いてきたら休憩所のような場所で寝泊まりして、翌朝出発。

そんな流れを繰り返しながら旅は進み、俺たちは森までやってきた。

今日はここを越えるようだ。先を見ると道がカーブしていて見通しが悪い。

しばらく見通しの悪い道を進むと、先の方が何やら騒がしくなった。

「む」

ミーシャがパチリと目を開ける。

「何かあったのかな?」

俺は疑問に思いながら魔力探査を展開した。ミーシャはすでに展開しているようだ。

「野盗の類かも知れませんね、コウヘイさん」

クーデリアの言葉を聞いて、ノーナは不思議そうな顔でこちらを見る。

魔力探査の反応では、一カ所に魔力がたくさん集まっていることまでしか俺には分からなかった。

馬車はそのまま進んでいき、騒がしかった場所に差し掛かる。

倒木で道を分断された先に、馬車と人だかりが見えた。

第十話　飛竜に乗って

「やはり、野盗か!?」

ミーシャが疑問をぶつける。

「雲行きが怪しいですね」

クーデリアが怪訝な顔をした。

ミーシャがバッと馬車から降りて、近くの倒木の上に飛び乗った。

「助けはいるか!?」

人だかりのある方へミーシャが声をかけると、返事があった。

「助太刀《すけだち》を頼む！」

キィン、キィンと鳴り響く剣戟《けんげき》の音も聞こえる。

何者かが戦っているようだ。

俺も馬車から降りて、倒木の一部に大地の力を流し込むと、その木を短槍に変える。

投げ槍で後ろから援護だ。

現状から判断するに、小綺麗な鎧の集団が襲われている方、小汚い格好をしている奴らが襲っている方だと思う。

上等な馬車を、おそらく盗賊たちが取り囲んでいる。

俺はヒュッと、その集団に向けて木の短槍を投げつけた。

「グアァァッ」

俺の投槍が賊の肩に刺さる。

馬車の方を見ると、数人の賊が扉に手をかけているところだった。

乱戦の中、馬車までたどり着いた賊が中に躍り込もうとしている。

まずいと思った時には、すでに賊が馬車の中から幼い姉妹らしき二人を引きずり出していた。

「オラァッ！　大人しくしろっ！　こいつが見えねかぁ！」

髭面《ひげづら》の賊が姉妹の首に剣を突きつけた。

「きゃあっ！」

「ああっ！　お嬢様！」

側仕えのメイドが悲痛の声を上げる。

「くっ！」

鎧を着た護衛の一人が悔しそうな声を出す。こうなっては手も足も出ない。

シンと静まり返る中、俺は抜いていた剣を置いて地面に手をつける。

降参の姿勢……ではない！

俺は大地の力を流すと、姉妹の首に剣を突きつけている賊たちの足元に穴を開けて、落としてやった。

「「うおっ！」」

姉妹の二人を素早く救助してから、賊たちを地面から首だけ出るようにして拘束した。

皆がポカンとする中、俺はその隙に他の賊たちも同じように拘束していく。

次々に賊たちが地面にハマっていく。

「でかした！　コウヘイ！」

ミーシャが賞賛する中、安堵しながら額を腕で拭った。

俺たちが乗っていた馬車から出てきた冒険者たちが、武器を構えて賊を囲んだ。

地面から首を生やした賊は全員が目をドヨンとさせていた。

俺はツヴァイとドライに命じて倒木を道の端に寄せさせる。

その間に、側仕えのメイドが少女と幼女を連れて馬車の中に入っていった。

「ミーシャ、この後はどうなるんだ？」

俺はこの世界での刑罰を知らないので、ミーシャに聞いた。

「うむ。この場で打ち首が妥当かもしれんな。あの馬車の紋章は公爵家《こうしゃくけ》のものだ。そんなのに手を出せば死は免《まぬが》れないであろう」

人死にはまだ慣れていないから、あまりそういう光景は見たくないな。

そんなことを考えていたら、身なりを整え直した少女と、その手を引かれた幼女が降りてくる。

俺が先ほど助けた少女――姉の方だろうか――が若干緊張しながら礼の言葉を口にした。

「皆の者、この度は大儀であった！　改めて礼を言う！」

少女に手を引かれていた妹らしき幼女は、怖くて泣いていたのか目が赤かった。

護衛の一人が鎧を着た他の仲間に命令を下す。

「賊はこの場で処し、首を晒すことにせよ。体は埋めていく」

「「はっ！」」

鎧の集団は騎士だったみたいだ。

その騎士の一人が俺の方へやって来る。

「高名な魔法師の方とお見受けします。賊どもを処刑するので、地面から出してもらえないでしょうか？」

「あぁ、分かりました」

俺は魔法師でもなんでもないが、それを説明してもややこしくなりそうだ。

あえて触れずに、賊たちを一人一人地面から出してやると、騎士たちがそいつらを後ろ手に縛り、テキパキと道の端に並べた。ここから先は見なくていいかな。

「ミーシャ、俺は馬車に戻る。倒木も端に寄せたしな。それよりノーナが心配だ」

「うむ。ミーシャも見届けたら戻る」

ちらりと少女たちの方を見ると、あの泣いていたであろう幼女にも処刑を見せるらしい。

この世界は過酷《かこく》だな。

俺はその場を後にして、馬車へと戻った。

いずれは俺も慣れていかなきゃいけないのかもしれないな。

馬車に戻ると、クーデリアがノーナの様子を見てくれていた。

「あい。コーへ、ツライツライなの」

ノーナが俺の腕を優しく叩く。

「ああ、もう大丈夫だ」

程なくして、ミーシャと冒険者たちが馬車に戻ってきた。

「あの公爵令嬢は立派なものだったぞ。先が楽しみだな」

ミーシャにはそう見えたのか。俺には無理をしているようにしか見えなかったけどな。

「それからこの後だが、王都までの護衛を頼まれてしまった」

どうやら公爵令嬢たちの馬車は一度王都に戻るらしく、そこまで一緒に来てほしいそうだ。王都に戻るまでの護衛を頼まれたのだとか。

ミーシャ以外の冒険者たちはすでに俺たちが乗ってきた馬車と契約しているため、断ったらしい。

そこで、フリーのミーシャに目をつけたのだそうだ。

「で、受けたのか？　ミーシャ」

「うむ。相談もなくすまない。だが、断れる雰囲気でもなかったのだ。コウヘイも一緒に頼む」

え？　俺もなのか？

俺たちは今まで乗っていた馬車の面々に挨拶して、ノーナの手を引き公爵令嬢の馬車に移る。

会ったばかりのクーデリアを巻き込むわけにもいかないので、いったん王都で合流することにして、その場は別れた。

令嬢姉妹に挨拶をして、俺たちは馬車に乗り込む。

挨拶した際に名前を聞いたが、姉の方がシャイナ・マルスタイン、妹の方がシルヴィア・マルスタインというらしい。

おおう⁉　この馬車、外見と中の広さが違うぞ？

俺が驚いていると、シャイナがクスクスと笑った。

「当家の馬車は魔道具になっております。広いでしょう？」

「ええ、驚きました」

俺はぐるりと馬車の中を見回しながら、正直に答える。

「それから、お礼が遅れました。コウヘイ様、この度は危ないところを救っていただき、誠にありがとうございました」

「いえ、間に合って良かったです」

シルヴィアも隣でお辞儀をしている。

「……それで、コウヘイ様が抱えているものは何かしら？　頭の上のはスライム？」

「はい、上に乗っかっているのはスライムのルンで、俺の従魔です。こっちのはグリフォンの子供で、名前はヴェル」

俺は抱っこ紐で抱えているヴェルを、二人が見やすいように動かす。

ヴェルはあむあむと自分の前足をしゃぶっていた。

「まぁ！　なんて愛らしいの！　ほら、シルヴィも見てご覧なさい」

「はい、おねえさま」

よちよち歩きでシルヴィアがヴェルを覗きに来る。

「とてもかわいいです。さわってもだいじょうぶですか？」

「ええ、優しく撫でてあげてください」

シルヴィアがほわほわのヴェルの頭を撫でる。

「クルルルゥ♪」

「わぁ！」

ヴェルの反応を見て、シルヴィアが嬉しそうに微笑む。

すると、ルンが彼女の胸元に落ちてきた。

「わわっ」

「おっと、スライムのルンが自分も撫でろと言っているみたいですね」

ルンはシルヴィアに撫でられ、彼女の胸元でみょんみょんと伸び縮みしている。

「わぁ、ぽわぽわします」

「コウヘイ様、私も撫でていいですか？」

シャイナもヴェルに興味津々《きょうみしんしん》なようだ。

「ええ、どうぞ」

「ふふ。ふわふわですね」

ヴェルの頭を撫でながら、シャイナが目を細めた。

「クルル」

程なくして、馬車が動き始める。

賊の後始末も済んだのかな？　馬車の中ではノーナとシルヴィアがルンをツンツンしていた。

側仕えのメイドが紅茶を出してくれる。

「私たちは家からあまり出ないんですの。よければ、王都に着くまでコウヘイ様たちから冒険のお話をお聞きしたいですわ」

シャイナに話をせがまれて、俺とミーシャは冒険話をこの令嬢姉妹に聞かせることになった。

俺からは神樹の森の話、ミーシャは主にダンジョンの話だ。

もちろん、アルカに口止めされているところは触れていない。

話で盛り上がっていると、馬車が王都を一望できる丘に差し掛かった。

窓から覗くと、街並みを見渡せた。王都は何重もの城壁に囲まれていて、中の街並みは整然としていた。

雑多な感じのスティンガーの町とはまったく違うな。あそこは良くも悪くも冒険者の町ってイメージだ。

程なくして、街の入り口まで馬車が進む。ここで令嬢姉妹とはお別れだ。

「ドワーフの国の用事がお済みになったら、お帰りの際はぜひ当家にお寄りください。お礼もまだですし」

シャイナが、服の裾を持ち上げてお辞儀をした。

「ああ」

「うむ。その際は寄らせてもらう」

俺とミーシャがシャイナの言葉に頷く。

「あい！　シルヴィちゃんばいばい」

ノーナはすっかり妹のシルヴィアと仲良くなったようで、大きく手を振った。

「のーなちゃん、またね」

シルヴィアも小さく手を振り返す。

魔道具の馬車が出発して、貴族専用の門へと移動していく。

ノーナは見えなくなるまで手を振っていた。俺はアホ毛の揺れるノーナの頭を撫でた。

馬車を見送った俺たちは、合流した元の馬車へと乗り込み、街へ入るための列へと並ぶ。

「クー、こっちは変わりないか？」

「はい、コウヘイさん。問題なしです」

ツヴァイとドライも静かに体育座りで待機していた。

列が進み、俺たちは入り口の門兵に冒険者証を見せて中に入る。

クーデリアはドワーフの滞在許可証みたいなものを見せていた。

街へ入ってすぐ、中心に噴水がある広場のようなところに出た。

俺たちが乗った馬車はそれを横目に通り過ぎ、馬車の乗り合い所へと向かう。

「それでクー、これからどうするんだ？」

「はい、今日は借りている屋敷で一泊して、それから飛竜便で移動します」

おお、いよいよ明日には空の旅か！　ワクワクするな。

クーデリアの案内で屋敷を目指している間、俺はキョロキョロしながらその後ろを付いていく。

どうやらミーシャは王都に来たことがあるようで、落ち着いていた。

ノーナもドライの背負籠の中から王都の街並みをほへぇっと眺めている。

いくつか門を越え、中心街の方へと歩を進めると、目的の屋敷に到着した。

ほどほどの大きさの門をくぐり、俺たちは屋敷の中へと入る。

「おお！　お嬢、戻ったか！　して、探しものは見つかったか!?」

ドタドタと歩きながら大声でクーデリアを呼ぶのは、髭を大量に生やした背の低いおっさんだ。

物語に出てくるような、自分のイメージ通りのドワーフだな。

「うるさいです、ガンビーノ。探し人はこちらに。コウヘイさんです」

クーデリアが俺を手で差し示しながら言う。

「おお！　人の方が見つかったか！　これはよかった！」

ドワーフのガンビーノさんという人が大きな声で喜ぶ。

いや、俺もどこまでドワーフたちの力になれるかまだ分からないんだが？

そうしているとガンビーノさんの大きな声に釣られたのか、ぞろぞろと背の低いおじさんたちが現れる。

「お嬢、よく戻った」

「これで国に帰れるな！」

「帰り支度じゃ！」

「今日は宴会じゃな」

ドワーフのおじさんたちが銘々に喋り出して、収集がつかなくなる。

「うるっっっっさぁーーーーーい!!　いいですか！　今日はコウヘイさんたちに泊まってもらい、飛竜便で国に帰るのは明日です！」

「おお！　ではそのように！」

「めでたい！」

「こうはしておれん！　宴会の準備じゃ！」

そう言うドワーフたちに急かされて、俺たちは荷ほどきもそこそこに宴会に駆り出されることになった。

広間のようなところに案内されると、次々に料理や酒が運び込まれる。

おいおい。急な話のはずなのにずいぶんと手際が良いな。

普段から何かにつけて宴会しているとしか思えない。

俺はずらりと並べられた料理に手を付ける。

お？　この腸詰《ちょうづ》めは美味いな。

ルンとヴェルにも分け与えると、二体ともお気に召したようだ。

周りではドワーフたちがカパカパと酒をあおっていた。あんな勢いで酒を空けてよく平気なものだ。俺はノーナの面倒を見つつ、少し呆《あき》れるのであった。


王都で迎える朝はなんだか新鮮な気分だった。客間のベッドも寝心地がよかった。

俺たちは荷物を整えて、飛竜便の発着場へと移動する。

発着場は屋敷から近く、開けた場所にあった。

俺は自分たちがこれから乗る飛竜を見上げる。

「でけえ」

大型の飛竜はよく飼いならされているのか、大人しい。

深緑の鱗が太陽の光を反射してキラキラと光っていた。

ドワーフの御者がパタパタと動き回っている。

飛竜の背にくくりつけられた荷物に不備がないか確認しているようだ。

飛竜の脇には背に繋がるタラップのような物が設けられており、これで乗り込むようだ。

「あい！　おおきいです！」

ノーナが興奮して、ピョコンと飛び跳ねる。

「ああ、でかいな。これに乗ってお空の旅に出るんだぞ？」

俺はノーナの頭を撫でながら言った。

「うむ。ずいぶんと立派な飛竜だ。これなら長時間の飛行も安全だな」

ミーシャが腕を組んで頷きながら飛竜を褒める。

「皆様、小用はお済みでしょうか？　次の休憩まで飛竜から降りられませんからね。今のうちに済ませておいてください」

クーデリアが俺たちを見回しながら言った。

「大丈夫だ」

俺が言うと、ミーシャも頷いた。

ブリッジを伝って飛竜の背中に乗り込む。背中はゴツゴツとしていて硬い。

全員が席につくと、先頭にいたドワーフの御者《ぎょしゃ》が話し始めた。

「お乗りの皆様、騎長《きちょう》のモルスです。何かご入用の際は私までお願いします。こちらは副騎長のブライです」

ドワーフの御者――騎長のモルスさんと副騎長のブライさんがペコリと挨拶をした。

飛竜の運転は二人で交代しながらするようだ。

この飛竜には俺たちの他には乗っていないようだった。

ドワーフのガンビーノさんたちは、他の飛竜に乗るらしい。まぁ、その方が静かでいいかな。

俺は昨日の宴会を思い出しながら苦笑する。一応俺たち客人がいるとのことで抑えていたらしいが……昨日は本当に騒がしかった。

ずいぶん長くこの王都に逗留《とうりゅう》していたみたいだから、ようやく国に帰れるのが嬉しかったということだろうか？

いや、あれはただ宴会がしたいだけだった気もするな。

何せ、いつでも宴会ができるようにしているとしか思えない手際の良さだったし。

俺は頭の上のルンを一撫でして、抱っこ紐の中のヴェルをポンポンとあやした。

王都の上空へ、次々と飛竜が飛び立っていく。

先に飛び立った飛竜は上空で旋回し、他の飛竜が離陸するのを待っている。

俺たちの乗った飛竜が飛び立つ番になった。

王都の街並みがぐんぐんと小さくなり、王城なんかもミニチュアのジオラマのように見えてくる。

全ての飛竜が飛び立つと、リーダー格の飛竜を先頭に矢じりのような陣形で飛行に移る。

俺たちの飛竜は右側の後ろの方だった。

上空は思ったよりも寒くなく、速さの割に向かい風も少ない。

なんでもこれは、飛竜《ひりゅう》の加護《かご》と言われる、楕円《だえん》形をした繭のような飛竜特有のフィールドに包まれているかららしい。

この飛竜の加護から外れると、凄い勢いで後ろにふっ飛ばされるのだとか。飛竜に乗り込む時に安全対策の魔道具を渡されながら、そんな説明を受けた。

安全対策の魔道具は、飛竜の首元にある魔道具と連携しており、一定の距離を離れると衝撃吸収用のフィールドが張られて、高所から落ちても大丈夫なようにできているらしい。

紐なしバンジーで異世界に吹っ飛ばされた身として、俺は複雑な気持ちを抱きつつ、その魔道具をありがたく装備した。

景色が後ろに流れていく。

「あい♪」

ノーナがパチパチと手を叩き、キャッキャッと流れる景色を楽しんでいた。

ミーシャは落ち着いているな。

「なぁ、ミーシャは飛竜に乗ったことがあるのか？」

「うむ？　何度かあるぞ。依頼でも一度使ったな」

そうなのか。落ち着いている理由に合点がいった。

隣の飛竜を見ると、遠目に目が合ったのか、ドワーフの一人が手を振っている。

ガンビーノさんだろうか？

俺は手を振り返した。

「むむ。あれは魔物か!?」

騎長のモルスさんが手を庇《ひさし》にして右手の空を見た。

俺もそちらの方に目を向けると、何やら黒い点のような物が空に見えた。

「ふむ。敵か!?」

ミーシャが警戒の声を上げる。

程なくして黒い点、もとい鳥型の魔物が飛竜と並ぶように飛んでくる。

「……いや、鳥便《とりびん》のようだな」

モルスさんが言う。どうやら敵ではないらしい。

並ぶように飛んでいた鳥型の魔物は中央へと場所を移していき、一人のドワーフの肩に止まったようだった。


しばらくして途中の草原に飛竜たちが降り立った。今日はここらで一泊するようだ。

ドワーフたちが飛竜にくくりつけられた荷物を手際よく降ろしていく。

俺たちも伏せられた飛竜の背中から降りた。

飛竜が周りを囲むように休み、ドワーフたちはその中心で今晩の食事の準備をしている。

肩に浅葱色《あさぎいろ》をした鳥を乗せたドワーフが、ガンビーノさんと何やら話し込んでいるのが見えた。

この鳥はさっきの鳥便のやつだな。

「お嬢！　ちょっと来てくれ！」

ガンビーノさんが大きな声でクーデリアを呼ぶ。

俺とミーシャは荷をその場に下ろすと、各々休みを取った。

しばらくすると、何やら難しい顔をしてクーデリアが戻ってきた。

俺はクーデリアに声をかける。

「クー、どうした？　何か問題があったか？」

「はい、コウヘイさん。どうやら本国で『探しもの』が見つかったとか何とか……」

なんだって⁉　それじゃあ無駄足になったってことか？

「真偽は定かではないので、コウヘイさんたちについてはこのまま一緒にドワーフの国へと来ていただきたいです」

「そうか。最悪とんぼ返りでも俺は構わないけどな」

俺がそう言うと、クーが頭を下げた。

「ありがとうございます」


草原の真ん中で一泊した俺たちは、翌朝再び飛竜に乗り込んだ。

昨日も宴会のような晩餐《ばんさん》だった。ドワーフというのはとにかくやかましいらしい。

荷物を減らすためと言い訳して、酒の樽を何個も空けていた。朝はそれほどうるさくないからまだ良いんだけどね。

飛竜たちが飛び立ち、編隊を作る。

途中に小休止をはさみながらしばらく乗っていると、ドワーフの国の上空へたどり着いた。

上空から見たドワーフの国は、俺たちの来た王都と同じくらいの規模の印象だった。

この辺りは木も少なく、岩がゴロゴロとしている土地だ。

岩にへばりつく形で街が広がっているように見える。

先頭を飛ぶ飛竜の先導で発着場へと降りていく。地上とは手旗信号で交信していたみたいだ。

滞りなく地面へと降り立っていく飛竜たち。

そこに移動式のブリッジが寄せられ、皆が次々と降りていく。

俺たちも地面に降り立ち、安全対策の魔道具を騎長のモルスさんに返還した。

自分たちの荷物を背負い、待合所へ向かう。

「なぁ、クー。俺たちはどうするんだ？」

クーデリアが今後の予定を教えてくれた。

「はい、コウヘイさん。まずは陛下に謁見してもらいます。それから泊まるところへ移動ですね」

おおう。またお偉い人と挨拶か。苦手なんだよなぁ。

簡素な造りの家が並ぶ町並みを横目に、無骨な雰囲気の王城へと移動する。

ぞろぞろと王城へ入った俺たちは、控えの間というところに案内された。

ツヴァイとドライをこの場において、ついでに背負っている荷物も下ろす。

「ノーナはこの場で待っていた方が良いかもな」

「ふむ。それならミーシャが面倒を見ておこう。コウヘイは謁見を済ませるといい」

上手いことミーシャに逃げられてしまった。彼女がいた方が何かとありがたいんだが、まぁ、呼ばれたのは俺だから、俺が行かないと話にならないもんな。ノーナに頭の上のルンを手渡し、ミーシャに抱っこ紐ごとヴェルを預けて、俺はドワーフの王様のもとへ向かった。

第十一話　古代遺跡へ潜入!?

案内係の先導で謁見の間へ入る。

壇上にはこれまた無骨な作りの椅子に座った背の低そうなおっさんがいた。

いや、おっさんは失礼か。この国の王様な。

「よくぞ参った。余《よ》がこの国の王、ガルス・ラムゼスである」

俺は隣のクーデリアの真似をしてその場に跪く。

「一同、楽にせよ。この度は、この国の危急に駆けつけてくれたこと、誠にありがたく思う」

「はっ」

返事をしていいものか作法が分からず悩んだが、とりあえず応える。

「しかしな、この宰相《さいしょう》がすでに探し人を確保したようでな？　そなたには無駄足を踏ませることになってしまったのだ。そうだな？　宰相」

王に話を振られた宰相が、こちらを一瞥《いちべつ》する。

「はい、陛下。此度の炉の問題はこのワタシが解決してご覧にいれます。ひいてはどこの馬の骨とも知らぬ者など不要」

おっと？　会ったばかりの人間を馬の骨呼ばわりとは、なんだか感じの悪い人だな。

「探し人はしっかりとこのワタシが確保しておりますので、間もなく解決するでしょう。そこの馬の骨にはさっさと帰っていただくのがよろしいかと」

「お待ちください！　陛下、こちらの都合で呼んでおいてこのまま帰らせるというのは、あまりにご無体《むたい》。それに宰相殿が探し人を見つけたという話も、確かなものかまだ分かりません」

クーデリアが王様に意見した。

「む。確かにそうであるな。ではコウヘイとやら、しばらく我が国に逗留されるが良かろう」

ちらりと宰相を見てみると、ぐぬぬと悔しそうな顔をしている。

いや、会って間もない人間によくそんなに敵意を向けられるな。

それとも何か派閥《はばつ》争いみたいなのがあるのか？

腑《ふ》に落ちないまま謁見を終えて、俺は控えの間に戻った。

「ノーナ。大人しくしていたか？」

「あい！　ノーナいいこ。えらい？」

「ああ、偉い偉い」

俺はルンを抱えたノーナの頭を撫でる。

「ミーシャもありがとうな」

「うむ」

ミーシャからヴェルを渡してもらうと、俺は抱っこ紐を首にかけた。

俺はノーナの手を取り、クーデリアへと向き直る。

「それで、クー。泊まるところってのは、準備できているのか？」

「はい、コウヘイさん。こちらになります」

俺たちはクーデリアの案内で王城を出た。しばらく簡素で無骨な造りの家が並ぶ通りを歩くと、そこそこ大きな屋敷へとたどり着く。

ドワーフってのは、どうやらあまり華美《かび》な装飾を好まないみたいだな。

「コウヘイさんたちにはこちらの屋敷を使っていただきます。ボクたちドワーフの一般的な家より大きめに造ってあります」

お客さん用のお屋敷ってわけね。

俺たちは屋敷の中へと入り、それぞれ部屋に分かれて荷を下ろした。

それから全員で屋敷の居間へと集まる。

「それで、クー。問題の炉ってのは、どういうものなんだ？」

「我が国で最も古く、最も巨大で、この国の古代遺跡の中にあります。少し前に炉にヒビが入ってしまい、稼働《かどう》が停止していまして」

詳しく聞くと、この国での生産の基礎を担っていたのがその特別な炉であり、それが動かなくなった現在では鍛冶師たちも作業が止まっているのだとか。普通の炉でも物が作れないということはないのだが、仕上がりが全然違うらしい。

ドワーフたちも炉の修復を試みているが、古代文明が作った炉は難解で、手探り状態のようだ。

一番問題なのはその炉の仕組みを誰も知らないということ。動いていた時は、便利だから使っていただけで、その仕組みには何の疑問も抱かなかったらしい。

炉の回路は古代文字で書かれているらしく誰も読めないということで、クーデリアたちは、最初に古代文字を読める者を探していたようだ。おそらく宰相が見つけてきたのはこっちだろう。

俺も一応古代文字読めるんだけどね。

それと並行して探していたのが、炉自体を修復できる者だった。

だが、クーデリアもなんで俺が選ばれたのかは分かっていないらしい。

彼女に与えられた指示は、魔道具が示す者を連れて来るようにというもの。

その魔道具というのは、クーデリアが持っていたあのペンダントのようなものだ。

どうやらこの道具は、強い大地の魔力に反応するように作られているそうだ。

俺の作った布がたまたま交易品としてドワーフたちのもとに渡った際、その布に大地の魔力が込められているとして魔道具が反応したのがきっかけだと言っていた。そこからモンタナ商会を経由して、俺にたどり着いたようだ。

「その炉ってのは、近くにあるのか？」

「はい、コウヘイさん。王城の地下にあります」

「一度見に行くことはできそうか？」

「はい。許可が下りれば可能かと。しかしあのクソ宰相が邪魔をしてきそうではありますが……」

クーデリアが眉をひそめながら答える。

アイツかぁ。なんであんなに敵意むき出しだったんだろうな？

「じゃあ、クーデリアはとりあえず許可の方を頼む。一度実物を見ないと、何とも言えないしな」

クーデリアは頷くと、部屋を出ていった。

しばらくの間、ここでゆっくりするか。

許可を得るまで、俺は時々魔術の訓練をした。

驚いたことに、そこでノーナも魔術を使えることが分かった。

俺が外で的を作って練習していたら、自分にもやらせろとせがむので、簡単に魔術の説明をしたのだが……

ノーナは最初から使えたんじゃないかと思うほどにスムーズに魔術を放っていた。

水と雷が得意なようだ。

ノーナの水の魔術が的のど真ん中を撃ち抜いた。

「上手く撃つじゃないか！　ノーナ」

「あい♪　ノーナえらい？」

「ああ、偉いぞ」

俺はアホ毛の揺れるノーナの頭を撫でてやった。

「えへへ～」

得意そうにノーナはだらしなく笑う。

本当は天気も良いので街を見て回ろうとも思ったが、古代遺跡の見学の許可がいつ下りるのか分からないので、屋敷にいないといけない。

数日経って、屋敷の中で時間を潰していたある日、クーデリアが屋敷にやってきた。

俺たちはクーデリアを迎え入れて居間へ移動すると、真っ先に確認する。

「どうなった？　許可は下りたのか？」

待ちくたびれていたこともあって、いきなり本題に入った。

「はい、コウヘイさん。やはりあの宰相が妨害していたようですが、許可が下りました」

「そうなのか。あの人は何で俺を目の敵《かたき》にしているんだろうな？」

「きっと自分の手柄をボクたちに取られるとでも思っているのでしょう。器《うつわ》の小さいことです」

クーデリアが辛辣《しんらつ》に言い放つ。まぁ、俺もあの宰相に良い印象はないし、クーデリアの言いぶりに納得してしまった。

彼女の案内で王城へ進み、地下へ続く階段を下りていく。

ツヴァイは屋敷に置いてきたが、ドライは背負籠を背負わせて連れてきた。ノーナを乗せるためだ。ノーナはドライの籠の中で城の中を眺めていた。

地下にある大きな扉の前にたどり着いた。ここが古代遺跡への入り口らしい。両脇を門兵が固めている。

「許可証の提示をお願いします！」

「はい、こちらになります」

クーデリアが門兵に許可証を見せる。

「では、お通りください！」

俺はペコリと門兵に会釈をして中へと入った。

中は継ぎ目のないコンクリートのような壁でできていた。

へぇ。何の素材だ、これ。

俺はなんとなく疑問に思いつつ、壁に手をつきながら大地の力で探査する。

「ジジジ……メインコアの復旧を開始……ジジ」

突然、声が辺りに響き渡る。

「なんだ？」

「うむ？」

「あい？」

「これは……？」

俺が首を傾げると、ミーシャもノーナもクーデリアも辺りに響く声に疑問符を浮かべる。

「ジジジ……重大な損害を確認。非常事態を宣言。防衛機構を発動します。職員はただちに退避してください……ジジジ……繰り返します、職員はただちに退避……ジジジ」

ガシャンと音がすると、通路の明かりが赤く変化した。

「なんか外に出て行けって言っていたけど……」

俺は困惑したままクーデリアに話す。

「ええ、コウヘイさん。ボクたちは一旦外に出ましょうか」

俺たちは赤い明かりがついた通路を引き返す。

「何か問題ありましたか？」

外に出ると、入ったばかりの俺たちが出てきたのを見て、入り口の門兵のドワーフが尋ねてくる。

「えっと、通路の明かりが赤くなって、外に退避しろと言われました」

俺はそう答えるが、門兵たちもこの説明に戸惑っていた。

「こういったことってたまにあるのか？」

俺はクーデリアに聞いてみた。

「いえ、コウヘイさん。あの周囲に響く声もボクは初めて聞きました」

俺たちが疑問に思っていると、続々と入り口からドワーフたちが出てきた。皆、困惑している。

「奥では何か変わったことはありましたか？」

クーデリアがドワーフたちに聞く。

「それがな、急に周囲が赤くなったと思ったら、どこからかゴーレムが出てきて追い出されたのじゃ」

「うむうむ。然《しか》り。あいつらはどこから来たんじゃろうな？」

「ずいぶんと立派なゴーレムであったぞ？」

「こんな日は酒でも飲むしかあるまい！」

「酒か！」

途中まで情報を教えてくれたのに、一人の提案で酒盛りが始まってしまった。

ちょっとやかましい。

「これは日を改めるしかなさそうだな」

俺は苦笑しながら頭をかいた。


屋敷に戻ってから数日。

いつ連絡があるのか分からないので、その間も家から出ずに大人しく魔術の練習をしていた。

すると、いきなりクーデリアがやってきた。

「コウヘイさん！　ボクたちで古代遺跡の問題を解決しましょう！」

何やらクーデリアは怒り心頭の様子だ。どうやらあの宰相とやりあったらしく、ネチネチと嫌味を言われたのだとか。

そもそも今まではこういうことはなかったし、いきなり問題が発生したのは俺が来たせいなんじゃないか、という話をされたらしい。

売り言葉に買い言葉で、クーデリアが解決してくる！　と啖呵《たんか》を切ったのが、ここまでの流れだった。

……実は本当に大地の力のせいかもしれないから、俺は微妙な表情をした。

思うに、俺が壁伝いに大地の力を流して探査をしてから、警報が鳴った気がする。大事《おおごと》にするつもりはないのでナイショにしておくけども。

ということで、俺たちは冒険に出る準備をして、また地下の古代遺跡へと足を運んだ。

今度はツヴァイも出動だ。

ヴェルは屋敷のメイドさんに世話を頼んだ。

クーデリアも今回は武装していて、大きなハンマーを背負っている。あの体で振り回せるのか？

再び入った地下は、この間と変わらず赤い明かりがついたままだった。まだ非常事態ということだろう。

通路の終わりは丁字路になっており、突き当たりには扉があった。

扉の脇に下向きの三角形のボタンがついている……これってエレベーターじゃないか!?

「なぁ、クー。この部屋って何だ？」

「はい。そこは物置ですね」

そうなのか……俺は試しにボタンを押してみる。

「ジジジ……現在、非常事態のため、移動籠《いどうかご》の利用はできません……ジジジ」

手元から声が響いた。

「うおっ？」

残念ながら使えなかった。

「コウヘイさんこちらです」

クーデリアの案内で丁字路を左に進む。

突き当たりには、この施設に似合わない木製の扉があった。

クーデリアがカチャリと扉を開くと、中には下へと続く螺旋階段があった。どうやらこれで下りていくようだ。

俺たちはかなり長い距離を螺旋階段で下りていく。五階分くらいあるんじゃないか？

螺旋階段の終わりを踏みしめ、出口の扉を開ける。

出た先も通路のようで、両脇に扉のようなものが見えた。

こちらの扉は通路の素材と同じく謎物質だ。

……見にくい赤い明かりの中を進んで行くと、突然ゴーレムが現れた。

俺はすかさず鑑定をかける。

名前：ロックゴーレム
説明：岩製のゴーレム。

ゴーレムは俺たちの行く手を阻むように通路の真ん中で仁王立《におうだ》ちした。

「皆、こいつはロックゴーレムみたいだ」

これは倒さないと先に進めないか？　俺たちは顔を見合わせると戦闘態勢に入った。

ツヴァイが前に出て、ガントレットを嵌めた腕でロックゴーレムを壁に叩きつける。

糸の切れた人形のように倒れるロックゴーレム。そのままロックゴーレムはザァッとドロップアイテムに変わった。

「なっ!?」

ん？　ドロップアイテムが出るということは、古代遺跡がダンジョン化している!?

もしくは元からダンジョンだったのか？

魔石と、魔力のこもった岩を眺めながら、しばし無言になる俺たち。

「何があっても大丈夫なように準備してきたが、まさかダンジョンだったとはな」

俺はため息交じりに言う。

「うむ。これは存外厄介な話なのかも知れん」

ミーシャも困った顔をしていた。

「そんな……この施設がダンジョン化しているとしたら、おちおち鍛冶の仕事もできません。もしかしたらこの遺跡が暴走しているかも……ボクたちの国の兵士を応援に呼ぶべきでしょうか？　その場合、またあの宰相にグチグチ言われますが……」

いやいや、それでまた数日間足止めされると面倒だ。

「いや、このまましばらく俺たちで行こう。無理そうなら、諦めて引き返そうか」

俺の指示に皆が頷き、先を急ぐ。

代わり映えしない通路を進み、時折現れるロックゴーレムはツヴァイに一撃で倒してもらう。

アインも強かったけど、ツヴァイも結構やるよな。

ドライはノーナの入った籠を背負っているので、あまり前に出ないようだ。

俺たちはそのままダンジョン疑惑のある古代遺跡の中に歩を進めるのだった。

クーデリアの案内で先へと進む。俺たちは下に続く階段のある扉を開けて、中へと入っていった。

「ツヴァイがいるから楽に進めるな」

俺はツヴァイの肩を叩きながら大地の力を流してやった。その様子をドライがじーっと見ている。

「あい」

ノーナがドライの背負籠の中から手を伸ばして、頭を撫でてやっていた。

階段を下りると、また通路にぶつかった。程なくしてゴーレムが現れる。

今度は色が違うか？　鑑定っと。

名前：アイアンゴーレム
説明：鉄製のゴーレム。

さっきまでより頑丈になったか？

「お次はアイアンゴーレムみたいだ」

今度はドライが前に出て、盾を構えて接近した。

アイアンゴーレムはドライのタックルにふっ飛ばされたが、すんでのところで持ちこたえている。

次の瞬間、ドライの後ろがカッ！　と一瞬光ったと思いきや、耳をつんざくような音が鳴り響いた。

ドライの首元の後ろからノーナが雷魔術を放っていた。

アイアンゴーレムはプスプスと煙を出したかと思うと、ガッとその場に両膝をつけてドロップアイテムに変化した。後には魔石と魔力のこもった鉄が残る。

「あい！」

ピョコンとアホ毛を揺らしながら、ノーナは籠の中で嬉しそうに笑う。

「凄いじゃないか、ノーナ！　やるな～」

「あい。ノーナもズドンするます」

「ほどほどにな。仲間には当てないようにしろよ？」

「あい！」

ノーナはピョンと手を挙げて返事をした。

魔石と鉄を拾い、ツヴァイの背負籠の中へ入れる。その後も時折アイアンゴーレムが現れたが、その都度ツヴァイとドライとノーナが倒していた。

「なぁ、クー。炉がある場所ってのは遠いのか？」

「一番下の階になります」

そのまま通路を進んでいくと、大きな扉の前にたどり着いた。なんかボス部屋みたいだな。

「階段はこの部屋の奥か？」

「はい、コウヘイさん。ここの広間を通った先になりますね」

「そうか、一応何かいるかもしれないから、備えておこう。行くぞ！」

扉を開けると、ガランとした広場の中央で片膝立ちをしている影が見える。やっぱりボス部屋か。

まずは鑑定からだ。

名前：ミスリルゴーレム
説明：ミスリル製のゴーレム。

ミスリルか！　たしか魔力の伝達率が高いんだっけ？

ツヴァイが前に出て腕を振るう。ブオンッ！　という空気を切る音がしたが、空振りだ。

ミスリルゴーレムは身のこなしが速かった。

ツヴァイが敵の一撃を受けるが、腕をクロスしてガードした。

続いてノーナの雷魔術がミスリルゴーレムに直撃する。

一瞬痺れたように動きは止まったものの、ミスリルゴーレムは何もなかったかのように再び動き出した。ダメージは一応あるみたいだが、微々たるもののようだ。

「あうー」

ノーナが残念そうな声を出す。いや、よくやってくれているよ。

「ノーナ！　大丈夫だ。効いているぞ！」

間を空けずにミーシャが攻撃するが、それも金属音とともに弾かれた。

「こう固くては手応えが感じられない、なっ」

一撃、いや二撃当てると、ミーシャは後方に離脱してきた。

そこで閃光《せんこう》が迸《ほとばし》り、またもやノーナの雷魔術が命中した。

「せいっ」

可愛らしい掛け声とともに大型のハンマーをクーデリアが振るう。

ドガァッ！　という凶悪な音がミスリルゴーレムから発せられた。

俺も魔術で援護する。試しにミスリルゴーレムの関節を氷魔術で狙ってみた。

パキパキと氷が広がるような音が聞こえてきた。効いているのか、多少ミスリルゴーレムの動きが鈍くなったようだ。ここが攻め時だ！

ここぞとばかりにツヴァイが前へ出て、アイスガントレットをつけた腕を叩きつける。ツヴァイの右ストレートをもろに受けて、ミスリルゴーレムの首が何回転もする。

人間なら首がねじれて飛んで行っているところだ。

後方によろめきつつフラッと立ち直るミスリルゴーレム。ずいぶんタフだな。

俺は地面に手をつき、大地の力を流してミスリルゴーレムを拘束した。謎物質でできた床にも大地の力が通ったらしく、ミスリルゴーレムの足元をガッチリと固定する。

今回は大地の力を流しても、前みたいに変な声が鳴り響くことはなかった。俺は密かに安堵の息を吐く。

ミスリルゴーレムの足元で軋むような音が鳴る。何か仕掛けるつもりか？

ツヴァイとドライが前に出ると、ドライがミスリルゴーレムの後ろに回り込み、盾を押し付けた。

勝機を見出《みいだ》したのか、ツヴァイが連続突きをお見舞いする。まるで削岩機《さくがんき》のような音とともに攻撃が決まる。

盾を構えたドライに後ろから挟まれ、ミスリルゴーレムはよけることもできずにダメージを食らって、見る見る内にひしゃげていった。そして耐えきれずにドロップ相手に変わると、その場に魔石とミスリルのインゴットを落とした。宝箱もいつの間にか現れる。

「やっぱり階層ボスだったみたいだな」

「うむ。なかなかタフだった」

「宝箱……コウヘイさん。やはりこの古代遺跡はダンジョンと化してしまったのですか？」

クーデリアが心配そうに尋ねる。

「……どうやらそのようだ」

俺は階層ボスの報酬の宝箱を眺めながら返事をした。

宝箱を鑑定して、ミーシャに結果を伝える。

「ミーシャ。この宝箱には罠はないみたいだ」

「うむ」

ノーナがテテテッと駆け寄り、宝箱を開けた。

名前：ジェットハンマー
説明：ジェットの勢いで殴れるハンマー。

名前：ミスリルの胸当《むねあ》て
説明：ミスリル製の胸当て。

名前：豪雷《ごうらい》の指輪《ゆびわ》

説明：雷の魔力アップ。雷矢を作り出す。

名前：ミスリルの剣《けん》
説明：ミスリル製の剣。

その他にポーション類がいくつか入っていた。

「色々あるな。ミーシャはどうする？　俺は剣が欲しいけど」

「うむ。ハンマーはクーしか使いこなせないし、剣もミーシャには長すぎる。ミーシャは胸当てを希望する」

「ミーシャさん、コウヘイさん。では、ボクはありがたくハンマーをいただきますね」

いそいそとジェットハンマーを受け取るクーデリア。

続いて俺がミスリルの剣を手に取った。バランスも悪くはない。大地の力を流すと変形もできた。

残った指輪はノーナにあげるか。分配作業を眺めていたノーナに指輪を渡す。

「ほら、ノーナ指輪だぞ」

「コーへ、コーへがつけて」

ノーナが左手の薬指を差し出してくる。まさかノーナまでこの手を使うとは！　やはり何か意味合いがあるんだろうか？

俺は疑問に思いながら、ノーナの指に指輪を嵌めてやった。ノーナは左手を宙に掲げながら指輪を眺めている。

「えへへ。これで皆といっしょ♪」

なんだ。皆とお揃いになりたかっただけか……俺はホッと一息つく。

クーデリアだけはその様子を無言で見つめていた。

第十二話　伝説の炉

ボス部屋で小休止をはさんで、俺たちは下の階層へと進む。ダンジョンになったのが最近だからか、それとも別の要因があるのかは知らないけど、この古代遺跡には転移石がないので、徒歩で向かうしかない。

広間の先にあった階段を下りると、また通路が広がっていた。

しばらく歩き、ゴーレムにエンカウントする。ここは本当にゴーレムしか出ないな。

名前：シルバーゴーレム
説明：銀製のゴーレム。

鑑定をかけて正体を確認してから、皆に報告する。

「シルバーゴーレムだ！」

「あい！」

ノーナが返事をするやいなや、雷の魔術を放つ。

「えいやっ」

続いて可愛い掛け声とともにクーデリアがハンマーで一撃。

ハンマーの後方からジェットが噴射される音が響き、シルバーゴーレムにハンマーがドズン！と叩きつけられる。

たちまちドロップアイテムに変わるシルバーゴーレム。

ドロップは魔石と銀のインゴットだった。クーデリアもなかなかやるな。

先に進むと、たまにゴールドゴーレムとも遭遇した。強さはほぼシルバーゴーレムと同じくらいだったが、ドロップするものが違う。

ゴールドゴーレムは砂金を落とすのだ。この階層はなかなか実入りがいいな。取りこぼしがないように丁寧に拾いながら、俺たちはホクホク顔になるのだった。


さらに下層に進むと、そこがどうやら目的の場所だった。大きく頑丈そうな扉が目の前にある。

「この部屋がボクたちの目指していた場所になります」

「ようやくか。結構かかったな」

「うむ。しかし初めて訪れるダンジョンと考えれば、早い方なのではないか？」

汗を拭う俺を、ミーシャが労ってくれた。

扉を開けて中へと入ると、中はかなり天井が高い空間になっていた。太い柱が整然と並んでいる。

これは何かの神殿みたいだな。どことなく神聖さがある。奥に見えるのは小型のピラミッドか。

「あの奥の山のようなものが、件の炉です」

俺が眺めていると、クーデリアが教えてくれた。

クーデリアの説明で皆の視線が奥の建造物に向く。

「ジジジ……非常事態中の立ち入りは許可された者以外は禁止です……ただちに退避してください……ジジジ」

前にも聞いた警告が突然鳴り響き、この場からの退避を促してくる。そして、柱の根元が開いてたくさんのゴーレムが出てきた。

げっ。コイツらとやりあうのかよ。数百体はいるぞ。もしかしたらもっとかも。

俺たちはジリジリと後退しながら様子を見る。入り口から外に出ると、ゴーレムたちはそれ以上追ってこなかった。しかしこのままでは中に入れないな。

「まいったな。これじゃどうしようもないぞ」

「うむ。倒して回るにしても数が多すぎる」

「あいー」

「ここまで来て……あと少しなのに……」

入り口から覗くと、わらわらとゴーレムたちが集まっていた。凄い数だ。

これを全部倒すのは骨が折れそうだな。

俺はとりあえず入り口近辺から雷魔術を撃ってみた。動きを止めたゴーレムをツヴァイとドライ、それからクーデリアが殴ってトドメを刺す。

ダメだ。このやり方じゃ手が足りないな。前のゴーレムがドロップアイテムに変わると、すぐ後ろのゴーレムが詰めてきた。こりゃあ埒が明かないな。

するとルンが俺の頭の上から飛び降りた。いつもどおり上下運動しているが、何を伝えたいんだ？　そう思ったら、ルンが分裂し始めた！

「おおう⁉」

そういえば、前にも銀月亭で分裂していたことがあったな。でもあの時は二体くらいだった。今のルンは十数体まで増えている。でもとりあえず手は増えたな！　俺はノーナをツヴァイの背負籠から降ろす。

「ノーナ。まだ雷は撃てるか？」

「あい！　うてるます！」

よし、これなら何とかなるか？　俺は地面に手をつき、大地の力を流して手前のゴーレムたちを拘束していく。

ルンたちが拘束されたゴーレムの胸にとりついて隙間から侵入すると、ゴーレムたちはガクガクと痙攣し出し、次から次へとドロップアイテムに変わっていった。

前に出てこようとするゴーレムには、ノーナが雷魔術を放って足止めしている。

複数体のゴーレムを狙ったのか、雷を扇状《おうぎじょう》に広げて放ち、ゴーレムたちをその場に釘付けにした。

ノーナ！　ずいぶんと器用じゃないか！　後で撫でてやらねば。

動きの止まったゴーレムを、ミーシャ、クーデリア、ツヴァイ、ドライが攻撃していく。

なるべく一撃で倒せるように、中心のコアを狙っていた。

この戦法なら数を減らしていけるだろう。

しばらくして、多少時間はかかったが、全てのゴーレムたちをドロップアイテムに変えた。

いつの間にかルンが元の一体に戻り、俺の頭の上に飛び乗ってくる。みょんみょんと上機嫌だ。

ふぅ、なんとかなったな。皆も軽く息が上がっている。休憩がてらドロップアイテムを一カ所に集めた。

「これでもう出てこないと良いんだけど」

「コウヘイさん、そういう時に限って何か出てくるんですよ」

クーデリアが汗を拭いながら言った。

俺たちは息を整えて、再びピラミッドみたいな建造物へと移動する。

「ジジジ……第一防衛ラインの突破を確認……最終防衛ラインを構築……ジジジ」

おいおい。最終防衛ラインだって？　まだやるのか？

ピラミッド状の建造物が、地を震わす振動とともに中央から二つに分かれ始める。

ゴゴゴゴゴゴ……

中から黒い巨大な何かが出てきたので、俺はすぐに鑑定を使った。

名前：ビッグアダマンタイトゴーレム
説明：アダマンタイト製のゴーレム。とても大きい。

「げっ。アダマンタイト製の大型ゴーレムだ！」

ビッグアダマンタイトゴーレムが、ピラミッドの分割部分に手をかけて出てくる。

「シッ」

ミーシャが瞬時に空中へ飛び上がり、胸のコアを狙った。

しかし、ビッグアダマンタイトゴーレムの巨大な腕が彼女の行く手を阻む。

ツヴァイとドライが前に出て、敵のゴーレムに攻撃した。二体のゴーレムの打撃音が響く。

俺は大地の力で干渉できないか試してみたが、今まで以上に力が通りづらい。やっぱり直接触れないとダメか。

「あい！」

そこに、またしても白い閃光が迸る！　ビッグアダマンタイトゴーレムの動きが雷魔術で一瞬止まった。

「どっせい」

クーデリアが掛け声とともにハンマーを振り下ろした。

ジェットの排気音とドカァァアン！　という殴打の音が鳴り響く。

俺は雷魔術を撃って援護した。

「ふっ！」

ミーシャが空中に駆け上がり、またもや胸のコア目掛けて短剣を振るう。

金属同士がぶつかる乾いた音が鳴り響いた。

さすがはアダマンタイト。かなり硬いな。

ツヴァイとドライはずっと敵のビッグアダマンタイトゴーレムを殴りつけているが、効果はあまりない。

「あい！」

ノーナの雷魔術が放たれると同時に、俺はビッグアダマンタイトゴーレムのもとへ駆け出した。

「いけるか!?　コウヘイ！」

「おう！」

俺はゴーレムの足元にたどり着くと、その足に触れつつ大地の力で干渉していく。

そして足の根元から折ってやった。

奴の巨体が俺に向かって倒れてきているのを見て、急いで後方に退避。

衝撃音と振動が辺り一帯に響き渡った。

「でかした！　コウヘイ！」

仰向《あおむ》けに倒れたビッグアダマンタイトゴーレムに、ミーシャが馬乗りになってコアの辺りを集中的に攻撃する。

根気強く攻撃を続けていると、ザシュッという音が聞こえた。

ビッグアダマンタイトゴーレムは邪魔なハエでも払うような仕草でミーシャを追い払う。

奴は片手を地面につき、片膝立ちになった。

よし。次はその地面についている手を狙うか。

「そいや」

クーデリアの一撃が、ビッグアダマンタイトゴーレムの地面についている手を打ち払った。

ドォォォォン‼　と音を立て、ゴーレムの巨体が再び仰向けに寝かされる。

ノーナの雷魔術が放たれたタイミングで、俺はまた前に駆け出した。そしてビッグアダマンタイトゴーレムの腕に触れる。

大地の力を流して、今度はその腕をもらう。

バキンッ！　と肩の辺りから腕が折れた。

ミーシャがまたビッグアダマンタイトゴーレムに馬乗りになり、胸にあるコアを切りつけた。

奴は片手でミーシャを追いかけるが、彼女はそれを空中で翻弄《ほんろう》する。

俺が隙を見て雷魔術を放って、動きを止めたゴーレムのコアをミーシャ攻撃する。しばらくそれを繰り返していると、ついに耐久力が尽きたのか、ビッグアダマンタイトゴーレムはドロップアイテムに変わっていた。

ドロップしたのは魔石とアダマンタイトのインゴットだ。

よし、ようやく倒せた。俺がゴーレムに相性が良いってのもある。

宝箱もいつの間にか現れていた。

名前：階層ボスの報酬
説明：罠・毒矢。

「ミーシャ、この宝箱は毒矢が仕掛けてある。ノーナはまだ触っちゃだめだぞ？」

「うむ。ミーシャに任せろ」

「あい！」

ミーシャからの頼もしい返事とともに、ノーナがピョコンと元気よく答える。程なくしてカチャリ、と罠が外れる音がした。

ミーシャが宝箱に手をかけ、蓋を持ち上げた。

名前：アダマンタイトのガントレット
説明：非常に丈夫。
名前：剛力《ごうりき》の腕輪《うでわ》
説明：腕力アップ。

名前：魔力の腕輪
説明：魔力アップ。
名前：霧夢《きりゆめ》の腕輪《うでわ》
説明：アイテムボックス。
名前：氷雪《ひょうせつ》の指輪《ゆびわ》
説明：氷の魔力アップ。氷矢を生み出す。

それからポーション類もいつもどおり入っていた。

「ミーシャ。この霧夢の腕輪は俺がもらってもいいか？」

「うむ。ミーシャの装備はだいたい整っているからな。それに前の優先権の分だ。ここは譲ろう」

そうしたら俺が霧夢の腕輪だろ？　他はどうするか。

「希望があるやつはいるか？」

俺が聞くと、クーデリアがおずおずと手を挙げた。

「あの、ボクは指輪が良いかなぁ、なんて……」

クーデリアはなぜか少し頬を上気させてモジモジとしている。ふむふむ。指輪はクーデリア、と。

「じゃあ他に希望もないみたいだし、剛力の腕輪はミーシャ、魔力の腕輪はノーナで。ガントレットはドライにでも装備させるか」

「うむ。ミーシャはそれで良いぞ」

「あい！」

「はい、コウヘイさん。あの……ボクに指輪を嵌めていただけませんか？」

モジモジしながらクーデリアが言った。

「クーもか……皆なんだって俺に頼むんだろう……」

ゴニョゴニョと言いながらも、俺はクーデリアに指輪を嵌める。

「えへへ♪」

頬に手を当てて上機嫌に嵌められた指輪の左手を眺めるクーデリア……やっぱり一度ミーシャにでもどういう意味があるか聞いた方が良いのかもしれない。非常に聞きにくい話だけども。

分配を終えた俺たちは、炉と言われている建造物の前まで歩いた。謎の声もなくなって、今は大人しい。

俺はクーデリアに問いかける。

「この炉が壊れているんだったな？」

「はい、コウヘイさん。全体にヒビが入って、動きが止まってしまったのです」

クーデリアが言う通り、中心から二つに分かれているピラミッド状の建造物には全体的にヒビが入っているのが見えた。俺はピラミッドに触れて大地の力で探査する。

老朽化《ろうきゅうか》しているようだ。手当たり次第にヒビを修正してから、中心にあるコアのような物に大地の力を流していく。

「ジジ……管理者権限への接触を確認……チチチ」

お？　何か喋ったぞ？

さらに力を注いでいると、中心の方からなにやら黒いモヤのような物がにじみ出てきた。なんか見たことあるな……

「チチチ……異物の除去を確認、これより当施設は通常状態に戻ります……チチチ」

ダンジョンコアと似ているな。いや、ここまでダンジョンみたいな状況だと、もはやこれもダンジョンコアと言って差し支えないだろう。

古代の人たちがダンジョンコアを利用して造ったということだろうか？

ガシャンと音がしたと思ったら、赤い明かりが元の明かりに戻った。

ゴゴゴゴゴと音を出しながら、二つに分かれたピラミッドが元の形に戻っていく。

「クー、これで修復できたと思うんだけど、どうかな？」

「はい、ちょっとボクに時間をください」

クーデリアが何やらピラミッド状の建造物のそばで作業を始める。

「これは……！　前よりも出力が上がっている!?　……いや、しかし……」

ゴニョゴニョと言いながら、クーデリアが難しい顔になった。

「どうなんだ？　俺には多分これ以上のことはできないと思うぞ？」

「いえ、これで申し分ないです！　ボクの見立てでは前よりも調子が良さそうです！　ありがとうございます！」

「そうか、じゃあ報告に戻るとするか」

「うむ」

「あい！」

俺たちは柱の並ぶ空間に戻り、ドロップアイテムを俺の霧夢の腕輪に放り込んだ。

部屋を出て通路を進んでいくと、上向きの三角形のボタンが脇についた扉を見つけた。

「なぁ、クー。ちょっと試してみていいか？」

このボタン、似たようなのを最初にも見かけたけど、エレベーターだよな……？

「はい？　何をするんですか？」

「ちょっとな……」

俺はそれだけ言ってボタンを押した。

しばらくして。ポン♪　と軽やかな音がした後に、ひとりでに扉が開く。倉庫扱いされていたのか、中には荷物が積まれていた。

「これは……！　地下一階の倉庫!?」

クーデリアが驚いている。

「これに乗っていけば、多分地上まですぐだぜ！」

俺たちは手分けして中の荷物を外に出して、スペースを確保してから中に乗り込んだ。

えっと……これが多分閉まるボタンで……これが行き先のボタンかな？

操作を終えると、エレベーターもどきが動き出した。

第十三話　黒幕

「よく戻った。して早速じゃがどうなった？」

ドワーフの国の王様であるガルス・ラムゼスが言う。

「はい、陛下。問題の炉は見事、元通りに。いえ、前よりも調子が良いようです」

クーデリアが告げる。

「まことか！　これは早急に国の鍛冶師たちに知らせねばならんな！　宰相！　疾《と》く伝えるのじゃ！　炉が元通りになったとな！」

「はい、それですが、陛下。本当に炉は修復されたのでしょうか？　あれだけ国の特級錬金術師たちが見ても、うんともすんとも言わなかったのです。このような者たちに何かできるとは思いません」

「あなたは！　……そこまで言うならば、ご自分で確かめに行けば良いでしょうっ！」

クーデリアは怒り心頭だ。

まぁ、俺もこの宰相には若干――いや、かなりムカついている。

人の話を聞かないし、自分の都合だけを押し付けてくるし、ろくでもない。でもまぁ、仮にも一国の宰相だ。それなりに優秀ではあるんだろう。

そこに、ノックとともに兵士が入ってきた。

「お取り込み中、失礼します！」

「何用じゃ！　今は客人の相手をしておる！」

「はっ！　国の鍛冶師たちが古代遺跡の入り口に押し寄せています。炉が直ったのなら仕事をさせろ、と」

実はここに来る前に、俺たちは先にガンビーノさんたちに炉が直ったことを報告しておいた。宰相に妨害される前に先手を打ったというわけだ。

「なに！　もう情報が回っているのか！　暴動でも起こされたらかなわんな。ええい、さっさと許可を与えて存分に仕事をさせるが良かろう！」

王様がやけくそ気味に兵士に命令を出す。俺も遠い目をしてそれらのやり取りを眺めていた。

「はっ！　ただちに！」

兵士の人が急ぎ足で退出していく中、俺はちらりと背の低い宰相の方を見た。

なんだ？　うつむいて震えながらブツブツ言っているぞ？

これは一泡吹かせてやったか？

「教育教育教育教育教育教育教育教育死刑死刑死刑死刑死刑死刑死刑死刑死刑死刑！　ぐぬぬ……途中までは上手くいっていたのに……もうヤメだ。オレはオレのやりたいようにやる！」

宰相がそう叫び、上着を掴んで引きちぎるように腕を振るった。すると突然、泡立つように体が変形し始めた。

ボキボキボキッと骨が変形する音が響くと、宰相は壊れた人形みたいに不可解な動きをする。

いや、これは元宰相か？

着ていた服も隆起《りゅうき》する筋肉に破られてボロボロだ。その発達した筋肉が照明の光を反射してギラリと光る。

元宰相の顔は口が裂けるように広がり、鋭い牙が伸びていた。耳も頭の上へと移動していき、毛がもの凄い勢いで生えてくる。足は靴が破られ、尖った爪の生えた大きな足が現れた。

手も同様に広がって、毛に覆われていく。宰相は元の小さなドワーフの体の何倍もある巨体になった。

この非常事態に周りは唖然とした表情で見つめるのみだ。しかしずいぶんと獣っぽいな。

俺は今のうちに、と鑑定をかける。

名前：ケイオス・ライカン
説明：邪神の眷属■■■■■

!? また邪神関連かよ！　色んなところで悪さしてるな！

「クー！　ミーシャたちに邪神の眷属が出たって伝えてきてくれ！」

「え？　あ、はい……ボク？」

「ああ、頼んだ！　早く！」

俺は地面に手をつき、謁見の間の石造りの床に干渉する。ズモモモモッと俺の操作で石の拘束が完成した。

その間に、王様は兵士に連れられて退避していた。

「何だぁ？　この石はぁ。こんなものでこのガイシャリ様の行く手を阻めるとでも思っているのかぁ？」

元宰相の変身は完了したのか、二足歩行のどす黒い狼がニヤリと口を広げながら言う。全身から黒い蒸気のような物を出しながらガイシャリが腕を振るい、身を捩る。

ぐっ！　クソ重い！　おそらくだが、見た目以上の体重があるのだろう。

筋肉をはち切れん程に隆起させて、拘束から逃れようとするガイシャリ。ガンガンと足元の石を殴り、削っていく。

俺も大地の力を振り絞って、なんとか拮抗《きっこう》させていた。

バンッ！　謁見の間の入り口が乱暴に開かれる。

「無事か！　コウヘイ！」

「あい！」

「コウヘイさん！　連れてきました！」

ありゃ、ノーナまで来ちまったか。ツヴァイとドライも一緒で、クーデリアも手にジェット・ハンマーを持って戦闘態勢だ。

「拘束してるが、もう持たない！」

俺は叫ぶように言う。

「オラオラオラァ！」

ガイシャリの腕が足元の石を砕いた。そしてとうとう拘束が破られる。

「くっ！」

俺は地面から手を離す。

「コウヘイ！　剣だ！」

ミーシャからミスリルの剣を投げ渡され、俺はそれを引き抜いた。

「ククク ッ。もう石ころでの拘束は終わりかぁ？」

ガイシャリが嫌味な笑みを浮かべて言った。

「皆、また邪神の眷属だ。種族はケイオス・ライカン、名前はガイシャリというらしい」

俺が皆に説明していると、ガイシャリが足元の砕けた石を蹴飛ばしてきた。

「おいおい、なってねぇなぁ。ガイシャリ様、だろう、がっ！」

ドライが前に出てきて、灼熱の盾でそれを防ぐ。

「まったく、クソエルフどもの森に行っていたザマースからもらった助言の通りにして、上手くいってたってのによぉ。それもこれもおまえらの、せいだ、なっと！」

またサッカーボール大の石をこちらに蹴りつけるガイシャリ。それもドライが防ぎ、盾の前にゴロリと落ちる。

すげぇ脚力だな。俺はヘラヘラしながら怒るガイシャリを見てそう思った。

「おめえら一体ナニモンだぁ？　聖別《せいべつ》を受けたモノを持っているわけでもねぇ。どこぞの神殿の司祭ってわけでもねぇ。そんな奴らがたった数時間であそこを元通りにしちまうなんてなぁ」

「どこにでもいる平凡な人間だよ」

「へっ、ほざきやがる」

俺が答えると、ガイシャリが馬鹿にしたように言った。

やりにくいな。睨み合いが続く中、密かに俺は思っていた。なまじ言葉が通じるせいで、話せば分かってくれるのではないかという思いがよぎって、攻撃しづらいのだ……そんなはずはないのに。

ここへ来て、元の世界の一般高校生の考えが前に出てきてしまっていた。

「オラァ！」

ガイシャリの攻撃はもの凄く速い。俺には何か黒いものが動いているようにしか見えない。

ガァアアンッ！　ドライの盾が攻撃を防いだ。

同時にミーシャが空中へ跳び上がって攻める。

「フッ」

ガイシャリはドライの盾を足場にして後方へと下がった。

「なかなか抜け目ねえなぁ、おい！」

無防備な様子で横に歩いたかと思うと、急に方向転換したのか、黒い残影がこちらに向かってくる。

ドライが間に入ったおかげで、攻撃は防げた。

「ちっ、堅《かて》え」

そう吐き捨てると、ガイシャリはまた後方に戻る。

「あい！」

そこに、ノーナの雷魔術が命中した。

やったか⁉

モヤが晴れると、ガイシャリの姿が見える。ピンピンしていた。

よく見るとガイシャリの体を覆う黒い蒸気のようなものが、避雷針のように電撃を受け流している。

「良いマッサージだな、こりゃ」

ガイシャリがペロリと舌を出して、首を鳴らしながら言う。

「あうー」

ノーナが残念そうにしている。グリフォンの時もそうだったが、邪神関連の敵は遠距離攻撃に強いみたいだな。

ツヴァイの右腕が勢いよく振られるが、ガイシャリはそれを屈んでやり過ごす。すぐにツヴァイの左腕の突きが来るが、それも難なくかわされてしまった。

身のこなしが素早い！　ツヴァイの攻撃を見てからかわしているような余裕がある。

コイツ……普通に強いし、速い！

そこに後ろからミーシャの攻撃が迫る。

「シッ！」

だが、ガイシャリの爪に阻まれて届かない！

「そい」

場違いな声とともに振られるジェット・ハンマー。ズドォオン！　当たった！

「クソ重てえなぁ、っと」

吹っ飛んだ先で、ガイシャリは宙返りをして地面に足をつく。腕をクロスして耐えたようだ。

着地と同時に飛来するノーナからの雷魔術も難なく受け流されてしまった。

「効かねえってんだよ、っと！」

「えいや」

ガイシャリは、クーデリアの一撃だけはあまりもらいたくないようで、丁寧にかわしている素振《そぶ》りが見える。

くそっ。決め手がないな。こう動きが速いと拘束もできない！

俺も雷の魔術を撃って援護する。雷の魔術は命中率こそ高いが、あまり効果があるように見えない。

まずは、あいつの足をどうにか封じないと！　待てよ……足元か！　俺は地面に手をつき、大地の力を流す。あいつの足元だけ崩して泥にしてやる！

「おわっ!?　なんだぁ？」

そこへツヴァイの攻撃が入った。吹っ飛ぶガイシャリを追うように、ミーシャが駆ける。彼女の連撃も決まり、ガイシャリが苦悶《くもん》の声をもらす。

「ぐっ！　ってえなっ！」

ガイシャリがうっとうしそうにブオンッと爪を振るったが、ミーシャが空歩で回避する。

その隙に俺がガイシャリの足元を崩す。

「せいっ」

クーデリアの一撃が入り、ガイシャリがまた吹っ飛ぶ！

「ツソがぁ！」

ガイシャリが吠えた。見ると彼の左腕があらぬ方向を向いている。

「オルァアアア！」

ガイシャリが叫ぶと、黒い蒸気が集まり、左腕が元の位置に戻っていく。回復か！

そうはさせじと、俺はヤツの足場を崩していく。ガイシャリの足が足首辺りまで埋もれていった。

今なら拘束できるか!?　うおりゃああ！

俺はここぞとばかりに大地の力を揮《ふる》う。ズモモモモと石の床が形を変え、奴の膝の辺りまでガッチリと拘束した！

「つの、クソ石がぁぁあっ！」

自らの固まった足を激しく叩くガイシャリ。その隙を見逃す俺たちではなかった。

「あい」

カッ！　ズドォオン！

「ぐっ」

今度の雷撃は、先程よりも少し黒い蒸気が薄くなったガイシャリに多少は通ったようだ。

ドライも前に出て、盾でガイシャリを抑えた。

ズガガガガガガッ！　ドライの反対側からツヴァイが連続突きを叩き込む。

「どいてください！　そいやっ」

そこへ、ツヴァイの後ろから躍り出たクーデリアの凶悪な一撃が、ガイシャリの正面に刺さる！

「ふっ！」

さらにクーデリアの後ろから駆けてきたミーシャの連撃が、ガイシャリの胸元に決まった！

「ガフッ！」

ガイシャリが血を吐き、前にうなだれる。俺が足元を拘束しているので倒れることもできないようだ。皆も一旦下がって様子を見守る。

「くっ……はぁはぁ……こいつを……使う羽目に……はぁはぁ……なるとはなぁ……」

ふらりと幽鬼《ゆうき》のように起き上がったガイシャリは、腰の袋から何か石のようなモノを取り出した。

「まだ動けるのかよ！」

俺がそう言うとガイシャリはニヤリと笑った。それは何かを諦めたような笑みだった。

ガイシャリが取り出した石は、ドス黒いオーラを撒き散らしている。何かは分からんが、マズそうだ。

「ヤツを止めないと！」

俺がそう言うと、皆が一斉に駆け出した。しかし、ガイシャリの方が早かった。ガイシャリは残った力を振り絞り、ドス黒い石を自分の胸に突き込んだ。

ドクン！

ガイシャリの体がぶるりと震えたかと思うと、激しく痙攣しだした。

「ぐっ、つうおおおおおおおおおおお！」

後ろに仰《の》け反《ぞ》りながらガイシャリが叫ぶ。

ドクン！

足が脈打つように肥大化し、ガイシャリを拘束していた石が破られた。

ドクン！　ドクン！

ガイシャリは前に倒れるように地面に両手をつく。両手も巨大化していき、爪が大きく伸びていく。

ドクンドクンドクンドクン!!

体も前後に伸び、目がギザギザの隙間のようなものに変わっていく。舌はだらりと伸ばされていた。

早鐘《はやがね》のような鼓動がいまだ鳴り響いている。やけに耳障りなそれは、シンと静まり返った部屋に反響していた。

シュオオオオオオ！

ガイシャリは四本足の大きな獣に変貌《へんぼう》した。ドス黒い毛並みに大きく裂けた口を持ち、短剣のような爪が揃った四肢で立って、こちらを見下ろしている。

なんだコレは⁉　俺たちは口を開けたまま呆然《ぼうぜん》としてしまった。

いや、そんなことより鑑定だ。

名前：ケイオスウルフ
説明：邪神の眷属。

なんとガイシャリは種族まで変わっていた。体高だけで二メートル以上はあるようだ。デカい！

「グルルルルルルル……」

獣臭が立ち込める中、大きな狼は俺たちを見下ろし、唸り声を上げる。どう見ても友好的ではないようだ。

大きな狼の体からは黒い蒸気のような物がとめどなく溢れ出している。今まで俺たちがガイシャリに与えたダメージの痕跡はなく、完全回復したようだ。

「ガウッ！」

先に動いたケイオスウルフが一陣の黒い風となり、俺たちに襲いかかった。

ドライに盾で防いでもらったが、ガイシャリの時より速くなってないか？　その後のケイオスウルフの連続爪攻撃を、ドライがそのまま盾で受ける。

「シッ」

ミーシャの空中からの攻撃はケイオスウルフにかわされてしまった。

「あい！」

轟音《ごうおん》とともにケイオスウルフにノーナの雷魔術が入ったが、恐らく効いていないだろう。俺が直接触れられれば何とかなるかもしれないが……

「ガフッ」

ブルリと一回全身を震わせ、何事もなかったかのような顔をするケイオスウルフ。

やっぱり効いていないか！　ヤツの体を覆うドス黒い蒸気のようなものが、雷魔術を受け流している。

「アオォォォォォォォン！」

ケイオスウルフが遠吠えすると、その全身からボコボコと泡立つようにドス黒い毛玉が放出される。たくさんの毛玉はブルリと震えると、狼の形になった。

子分を召喚したみたいだ。十数匹の狼は普通の大きさで、俺たちを囲むように回りだす。

「おりゃ」

俺の牽制《けんせい》の雷魔術が放射状に伸びる。

だが、子分の狼たちも体のドス黒い蒸気は健在で、雷魔術を受け流したようだ。

「ガウッ」

ケイオスウルフの一声で、子分の狼たちが俺たちに襲いかかる。

「せいっ」

クーデリアがジェットハンマーを振るって、それを吹き飛ばした。

「ギャンッ」

クーデリアの凶悪な一撃で一匹返り討ちだ。白い砂のように変わってサラサラと流れていった。

ズドォォン！　ツヴァイも一匹殴って葬《ほうむ》り去っていた。

さらにミーシャの連続斬りが決まり、同じように一匹が砂になる。

「グルルルルルルル……」

ケイオスウルフが苛ついて唸り声を上げていると思いきや、スゥッと仰け反る動作をした。

直後、ブレス攻撃が放たれる。俺たちはドライの盾の後ろに避難した。

黒い炎のようなブレスは、ドライの盾に当たると四方に霧散《むさん》した。熱気が火の粉とともにチリチリと舞う。

俺は地面に手をついて、狼どもを拘束できないか試す。ズモモモモッと石の床が変化した。

「！　ガウッ」

ケイオスウルフがいち早く異変に気付いて後方に飛んだ。だが、子分はもれなく拘束できた。

「どっせい」

クーデリアの一撃でピンボールのように子分の狼が吹き飛ばされる。

そしてそいつはツヴァイの一撃で砂に変わった。

ミーシャが辺りの子分の狼たちを次々と切りつけると、残りの子分たちも白い砂へ変わった。

「グルルルルルルルル……ガァッ！」

ケイオスウルフは悔しそうに唸ったかと思うと、こちらに突進した。

ズドォォン！　ケイオスウルフの噛みつき攻撃を、間一髪ドライが盾で受ける！

その隙に俺は大地の力でケイオスウルフの足元を崩して泥に変えた。

「せいや」

クーデリアのジェットハンマーの一撃が横腹に入り、ミーシャの素早い攻撃も命中する。

彼女がもう一撃入れようとしたところで、ケイオスウルフが後方に飛んだ。

「アオォォォォォォォォン！」

ケイオスウルフのドス黒いオーラが体の一部に集まる。

また回復か！

ノーナが雷魔術を放ってケイオスウルフに当てる。少しは効いたか？

いつの間にかルンが俺の頭から飛び降りて、スルスルと壁伝いに登っていった。

「グオォォォォォォン！」

ケイオスウルフはまたもや吠えると、ドス黒い蒸気を集めて回復を始めようとした。

これを阻止すべく、俺は雷魔術を放つ。さっきよりも効いている気がする！

すると、天井からルンが落ちてくる。ルンは怯んでいるケイオスウルフの顔の前に落ちると、目を覆うように体を広げた。

「ガァッ！」

ケイオスウルフは顔にへばりついたルンを落とそうと、顔を振るってもがいている。

今がチャンスだな。俺は地面に手をついて大地の力を流す。

俺はケイオスウルフの足元の泥を操作して足にまとわりつかせると、固めて動けないように拘束した。

「いきます！　そいや」

ズドォォォン!!

狙いすましたクーデリアの一撃が入り、ケイオスウルフはついに崩れ落ちた。

地面に横たわるがサラサラと白い砂に変わっていく。しかし、変身前の方がやりにくかったな、俺は。

変身後はただの素早い獣のようだった。あと、タフだった、か？　俺はケイオスウルフだった白い砂を見つめて呟く。

「あんた……変身前の方が強かったよ……」

後にはドス黒い石のようなものと、ガイシャリが腰に付けていた袋が残された。

俺はその二つを鑑定してみる。

名前：邪神《じゃしん》の欠片《かけら》
説明：■■■■■

名前：収納袋《しゅうのうぶくろ》
説明：見た目以上に物が入る。

「このドス黒い石は邪神の欠片らしい。あまり直《じか》に触らない方がいいかもな。袋は収納袋みたいだ」

「うむ。ではそのように。袋はどうする？」

「俺たちでもらっちまうか。ミーシャ、渡しておく」

「うむ」

俺は布で邪神の欠片をくるむと、霧夢の腕輪にしまった。

ちょうどその時、謁見の間の入り口が開かれて、兵士たちが入ってきた。彼らはボロボロになった謁見の間をキョロキョロと見回している。

「失礼。怪物が現れたと聞きました。どうなりましたか？」

「ボクたちで倒しましたよ、兵士さん」

白い砂の山を指さし、クーデリアが答える。

「おお、これはかたじけない。部隊の編制に手間取っておりました。怪物を討っていただき、ありがとうございます」

その間に俺は謁見の間の床を大地の力で元に戻しておいた。ところどころ壊しちゃっているからね。

泥になっていたり、削れてオブジェのようになった壁も修復した。

それから借りている屋敷へと戻ると、さっそく居間でミーシャが荷物を広げ始めた。

収納袋の中の荷物だ。

ガイシャリの奴も結構溜め込んでいたものだ。宰相が着ていた豪華な服や装飾品、ポーション類なんかが出てくる。衣類はドワーフサイズで男物だ。誰も着ないので売ってしまおうか。

そんなことを話しながら収納袋の中身を確かめていくと……最後の方に一抱えもある物体が出てきた。卵だ。

何の卵だ？

俺は鑑定をしてみる。

名前：天龍《てんりゅう》の卵《たまご》
説明：孵化寸前《ふかすんぜん》。

おおう!?　この卵、ドラゴンのかよ!?　しかも孵化寸前って。ガイシャリの奴はこんなものどうするつもりだったんだろうか？

「ミーシャ、この卵は天龍の卵らしい」

それを聞いたミーシャは腕組みする。

「ふむ。どうしたものか。できれば親のところに返してやりたいものだが、それも難しいか」

「コウヘイさん。ボクたちで育てる、というのは？」

クーデリアの意見を聞き、俺は抱っこ紐のヴェルをポンポンしながら考える。

いや、まぁドラゴンだし、興味はある。

でも一番の心配は俺に育てられるのかということだ。すでにグリフォンの子供の親代わりをしているしなぁ。

俺は卵を一撫でして、大地の力を流した。ポワンッと卵が一瞬光る。それを俺の頭の上からルンが興味深そうに見ていた。

他に問題もある。邪神の欠片だ。

現在はアイテムボックスである俺の霧夢の腕輪の中に入っているが、これもなんとかせねばならないだろう。なんせ、置いておくだけでドス黒いオーラを撒き散らすのだ。

魔障の時みたいになんとかならないかな？　そう思いついた俺は、霧夢の腕輪から邪神の欠片を取り出した。片手で握れるほどの大きさの石だ。

「む、コウヘイ。それをどうするのだ？」

「うん。俺の大地の力で浄化できないかと思ってな。魔障の時みたいにさ」

「ふむ。コウヘイの思うようにするといいだろう」

ミーシャの言葉に頷き、俺は目の前に置かれた邪神の欠片に手を触れると、大地の力を流した。

まずドス黒いオーラが消え、石の表面からポロポロと黒いものが剥がれ落ちていく。

これ、結構力がいるな。俺は汗を流しながら大地の力を流し続けると、石の周囲から中心に向かって透明度が増してきた。黒いものはポロポロと剥がれ落ちると霞《かすみ》のように蒸発して、宙に消えていった。

俺が玉のような汗を流しながら大地の力を流していると、石の中心部まで透明度が増して、きれいな紫色の石になった。アメジストみたいだな。

すっかり宝石のように変わった石を鑑定してみる。

名前：混沌神《こんとんしん》の欠片《かけら》
説明：混沌神の体の一部。

混沌神ってなんだよ⁉

「ミーシャ、混沌神って知ってるか？　石が混沌神の欠片に変化したんだ」

「うむ？　混沌神か。あまり世間には知られていない神だな。ダンジョンを造ったと言われているくらいか」

ミーシャもあまり知らないみたいだ。これは帰ってティファあたりに聞いた方がいいかな。

その翌日、ドワーフの国の問題を解決した俺たちは、ようやく街を散策できることになった。今まで古代遺跡の見学の許可待ちなんかで、ろくに外に出られなかったからな。

ツヴァイを荷物持ちに連れて、ぞろぞろと街中を歩く。

ツヴァイの背負籠の中には、ガイシャリの収納袋に入っていたものを入れてきた。持っていても仕方がないので、売ってしまおうという話になったのだ。

古代遺跡で手に入った素材なんかは、ドワーフの国にまとめて買ってもらうということで、城に置いてきてある。

俺はルンを頭に乗せ、抱っこ紐の中にはグリフォンの子供のヴェルと、天龍の卵を入れていた。

なんせ孵化寸前である。いつでも対応できるように俺が抱えて歩くことになった。

丈夫な子に生まれるんだよ……俺は卵を撫でながら大地の力を流してやる。ポワンッと抱っこ紐の中で卵が光る。

ヴェルがあむあむと俺の手を噛んだと思ったら、手の下に頭を潜り込ませてくる。ははっ。ヴェルも撫でろってか？

ヴェルにも大地の力を注ぎながらホワホワの頭を撫でてやる。

すると頭の上のルンが激しく上下運動し始める。おいおい。ルンもかよ！　俺はもう片方の手で頭の上のルンを撫でながら大地の力を流してやった。

俺たちは大きめな問屋に入り、手持ちの不用品を売り捌く。宰相が着ていた服や装飾品はそこそこのお値段で売れた。

そういえば、ガイシャリは宰相に化けていたが、本物の宰相が屋敷の隠し部屋で見つかったらしい。かなり長い間監禁されてガリガリに痩《や》せた宰相は、現在療養中なのだとか。

命に別状がなくて何よりである。

問屋ではティファのお土産《みやげ》に銀細工の櫛《くし》を買った。

次に武具屋を見て回る。留守番組へのお土産探しだ。

俺たちの武器や防具は、ガンビーノさんたちに預けて整備してもらっている。腕に定評のあるドワーフによる整備及び改良だ。楽しみである。その際、せっかくなので拠点から持ってきた素材も渡しておいた。溶岩水竜の牙や、溶岩竜魚の鱗なんかだ。特に鱗はたくさんあった。

鈍器のコーナーを見て回っていると、一本の武器が目に留まった。頑丈なモーニングスターだ。手に取って振ってみる。

握りの部分も滑り止めがついており、バランスもいい感じだ。

「なぁ、ミーシャ。これ、マロンにどうだろうか？」

「うむ？　いいのではないか？　お土産か。ミーシャも見繕《みつくろ》うぞ」

ということで、ミーシャが防具、俺が武器を見繕うことになった。

次に俺は弓矢のコーナーを物色する。三人娘は体が小さいからな。ドワーフ用の武器がちょうど良さそうだ。クロスボウを手に取り、構えてみる。

弓のことはまったく分からないが、これなんて良さげじゃないか？　素人の俺でも使えそうなクロスボウだ。矢も専用の短めのものなんだな。

あとは剣か。剣は俺のお下がりでもいいいか？

一応、剣のコーナーも見て回る。

ずらりと並ぶ剣を眺めるが……う～ん、パッとしないな。やはりリィナには俺のお下がりをあげよう。

ノーナとクーデリアもミーシャと一緒に防具のコーナーを見ていたようだ。

「そっちはどうだ？　いいのあったか？」

「あい」

「ボクは見るだけですね。整備に出している防具がまだ使えますし」

そうか。俺の木の胸当てはそろそろ卒業と思っていたんだが、ガンビーノさんたちの出来上がってきたものを見てからでも遅くはないな。

「うむ。こんなところだろう。これであやつらももっと冒険できるようになる」

ミーシャが小型の盾や、鎧を抱えてくる。それらを俺の持ってきた武器と合わせて清算した。

そうこうしていたら、俺が抱えている卵がブルリと震えたような気がした。

「んん？」

「うむ？　どうしたコウヘイ」

俺が卵に視線を落とすと、ミーシャが隣から声をかけてきた。

「いや、卵が動いた気がしてな」

「ふむ、用事も大体済んだし、もう屋敷に戻るか？」

「あい」

「コウヘイさん。生まれるならば屋敷に戻りましょう」

「クルルゥ」

クーデリアが俺にアドバイスすると、俺の胸元にいたヴェルも鳴き出す。

「じゃあ、屋敷に戻るとするか」

俺たちは屋敷に戻り、バタバタと孵化の準備をする。と言っても、お湯を沸かしただけだけどな。

ヴェルが使っていた籠《かご》に柔らかい布を敷き、卵を置く。卵を持った時、中からなにやら動いている気配があった。こりゃあ本当にもうすぐ孵《かえ》るな。

皆で籠を囲むようにして眺める。

「どんなドラゴンなんだろうな？」

「うむ。ミーシャも天龍とは噂でしか聞いたことがないな」

「あい！　ノーナたのしみです」

「天龍……ボクが聞いた話では、たしか地上にはほとんど降りてこないとか……」

へぇ。基本、空で生活しているのかな。そんな天龍の卵を、あいつらどうやって持ってきたんだろう。

「聞いた話では、嵐の夜に輝くような体が見えたというものだな」

「あい。きらきらしてたらうれしいです」

「ボクも早く見てみたいな」

ミーシャの言葉に、ノーナとクーデリアがワクワクした様子で反応する。

そうやって籠の中の卵を見守っていると、頂点の部分に小さなヒビが入った！　やがてパキッという音とともに卵の一部が割れ落ちる。天龍の赤ちゃんの鼻面が見えた。

天龍の赤ちゃんは一生懸命に卵の殻《から》をつつく。

パキ、パキリと徐々に穴が広がっていき、やがてその姿をその場にさらした。

東洋型の龍で、蛇のような体をしていて、短い足が出ていた。体の表面は何かキラキラしている鱗だった。

俺は一応鑑定をしてみる。

名前：天龍《てんりゅう》の幼体《ようたい》
説明：杉浦耕平の従魔。

もしやと思ったけど、やっぱりか！　天龍の赤ちゃんは俺の従魔になっていた。

「どうやら俺の従魔になったみたいだ」

「うむ。コウヘイが主なら、この龍も幸せだろう」

「あい。きらきらです！」

「凄く……綺麗です」

ノーナは目を輝かせ、クーデリアはうっとりとして見ていた。

生まれたばかりの天龍の赤ちゃんは卵を割るのに疲れたのか、クアッと小さなあくびをする。お湯で絞った布で優しく体を拭いてやると、天龍の赤ちゃんはクゥクゥと眠るのであった。

翌日。

俺とクーデリアはお城に来ていた。

ミーシャとノーナには、屋敷でヴェルと天龍の赤ちゃんの面倒を見てもらっている。

今日は王様からあらためてお礼を賜《たまわ》るという話だ。控えの間から案内されて謁見の間へと向かう。

俺たちは王様の前で跪く。

「うむ。楽にせよ」

厳粛《げんしゅく》な空気が若干ながら緩まった。俺はちらりと謁見の間を見渡す。この間のボロボロだった戦闘の跡は見受けられず、すっかり綺麗になっている。

「コウヘイ殿。此度の働き、まことにご苦労であった。よもや宰相と化け物の手先が入れ替わっていることに誰も気づかないとは汗顔《かんがん》の至り。しかし被害も最小限に抑えられた。その方の働きは値《あたい》千金《せんきん》のものである」

「ははっ」

俺は相変わらずこういう場での作法を分かっていないが、何とか返事する。

この後も宰相の現状の説明と、またお礼の言葉をもらった。

さらにお礼としてかなりの金額の目録をもらった。

ただ、直接この場でもらうこともできるが、額が額なので、商業ギルドに行って口座を作る流れになった。

　王様の前を辞し、一緒についてきた役人と商業ギルドへと向かう。商業ギルドでは話が通っていたようで、トントンと進んでいく。

　応接室のようなところで口座の開設に必要なことを書いて提出。冒険者ギルドでも使った個人を判別する魔道具に指を押し付けて完了だ。

　商業ギルドのカードを受け取り、建物を出る。手続きが済んだので、役人も城に帰っていった。

「いや～、一気に金持ちになっちまったな」

「コウヘイさん。パーッと使ってしまってはダメですよ？　お酒とか、女とか……」

　おっと、クーデリアの目が若干怖いぞ？

「はは、クー。森の中の田舎暮らしじゃ、なかなか使う機会もないさ」

　俺はクーデリアにそう言った。

「森の中の生活ですか……」

　クーデリアは何かを考えるように黙り込んだ。

　屋敷に戻り、天龍の赤ちゃんの様子を見る。同じ籠の中でヴェルとよろしくやっているようだ。

　天龍の赤ちゃんはヴェルの尻尾をあむあむと甘咬みしていて、それをヴェルがペロペロと舐《な》めてあやしている。すっかりお兄さんじゃないか！　いや、お姉さんか？

　ミーシャとノーナもそれを微笑ましく眺めていた。

「どうだ？　様子は」

一応、ミーシャとノーナに尋ねてみた。

「うむ。大人しいものだ。龍の子供だからもっと手間がかかるものと思っていたぞ」

「あい」

そろそろこの天龍の赤ちゃんにも名前を付けないといけないな。何かいい案はないだろうか。俺は天龍の赤ちゃんの銀とも金とも言えない鱗を見ながら考える。

「ミーシャ、こいつの名前だけどアウラとかどうだろう？」

「うむ、可愛らしいな。いいのではないか！」

天龍の赤ちゃんはポワンッと光ると、俺を見上げて小さく鳴いた。


それから数日後、俺はガンビーノさんたちから装備を受け取った。溶岩水竜の牙は短剣に、溶岩竜魚の鱗はスケイルアーマーになっていた。

名前：溶岩水竜《ようがんすいりゅう》の短剣《たんけん》
説明：火の魔力アップ。火炎斬《かえんざん》を撃てる。
名前：溶岩竜魚《ようがんりゅうぎょ》の鱗鎧《うろこよろい》
説明：耐熱装備。熱を遮断する。

おお！　良さげじゃないか。短剣はミーシャに、鱗鎧は俺が装備することになった。

整備や武具製作のお代は今回はいいとのことで、ありがたく研ぎ直された武器も受け取る。なんでも炉を直したお礼なんだとか。

それから古代遺跡の炉の部屋に神棚を作った。また邪神の眷属に悪さをされないようにね。何か俺の力は、あの黒いオーラを払うっぽいから、一応作っておいたのだ。

ドワーフたちにも魔除けとして参拝の作法を教えておいた。

「これでドワーフの国でやることはひととおり済んだかな」

俺の言葉にミーシャたちが頷く。

屋敷で帰り支度を済ませれば、あとはクーデリアが迎えに来るのを待つだけだ。

程なくして、クーデリアがやって来た。

――大きな荷物を背負って。

「あれ？　クー。またどこか旅にでも出るのか？」

「いえ、コウヘイさん。ボクもコウヘイさんたちの拠点に住みます！」

ええ!?　そりゃまた何でだ？

「うむ。クーならば良いだろう」

うんうんとミーシャが頷く。

「あい、くーもいっしょ！」

ドライの背負籠の中から、ノーナもピョコンと顔を出して喜ぶ。

まぁ、ミーシャたちも歓迎しているし、いいか。どうせ拠点もすぐに拡張できるしな。

俺は一息つき、抱っこ紐の中のヴェルと天龍の赤ちゃんをポンポンとした。


俺たちが乗った飛竜が飛び立つ時間になった。

一斉に飛竜が上空へ向かい、ドワーフの国の無骨な王城が小さくなっていく。

街並みも模型のように見える。

――いや～、ドワーフの国も色々あったなぁ。

俺は外の景色をボーッと眺めながら、アルカが我が家に来てからのことを思い返す。

色々と得るものがあったな……

エルフの森では別荘をもらったし、ドワーフの国からは大金をもらった。

ずいぶんと遠くまで旅して回ったものだ。

仲間も一気に増えた。グリフォンの子供のヴェルや、天龍の赤ちゃんのアウラと、すっかり俺はお世話係になってしまった。

おぼつかない部分もあるが、なんとかやっている。

……もうこれ以上増えないよな？　俺はそんなことを思いながら、抱っこ紐の中にいるヴェルを覗き込む。

ヴェルはパタパタと小さな翼を羽ばたかせていた。空を飛ぶ練習だろうか？

俺はニヤリと口の端を上げながら、ヴェルのほわほわの頭を撫でてやった。

The Record by an Old Guy in the World of Virtual Reality Massively Multiplayer Online
とあるおっさんのVRMMO活動記
椎名ほわほわ
Shiina Howahowa
1〜28
アルファポリス
第6回
ファンタジー
小説大賞
読者賞受賞作!!
累計180万部突破の大人気作
（電子含む）
TVアニメ
2023年10月2日より放送開始!
TOKYO MX·BS11ほか
コミックス
1〜11巻
好評発売中!
超自由度を誇る新型VRMMO「ワンモア・フリーライフ・オンライン」の世界にログインした、フツーのゲーム好き会社員・田中大地《たなかだいち》。モンスター退治に全力で挑むもよし、気ままに冒険するもよしのその世界で彼が選んだのは、使えないと評判のスキルを究める地味プレイだった!
──冴えないおっさん、VRMMOファンタジーで今日も我が道を行く!
1〜28巻 好評発売中!
各定価：1320円（10%税込）　illustration：ヤマーダ
でもVRMMOの中では
名うてのスキル職人!?
第6回アルファポリスファンタジー小説大賞
読者賞受賞作、待望の書籍化!
料理生産から冒険まで
VRMMOで大活躍!!
大人気ファンタジー待望のコミカライズ!!
漫　画：六堂秀哉　B6判
各定価：748円（10%税込
アルファポリスHPにて大好評連載中!
アルファポリス 漫画　検索

Re:Monster
リ・モンスター
1〜9・外伝
8.5
暗黒大陸編1〜3
金斬児狐
Kanekiru Kogitsune
シリーズ累計
150万部
(電子含む)
突破!
TVアニメ化
決定!!
ネットで話題沸騰!
怪物転生
ファンタジー
最弱ゴブリンの下克上物語 大好評発売中!
【小説】
1〜9巻/外伝/8・5巻
新章
【小説】
1〜3巻(以下続刊)
◉各定価：1320円(10%税込)
◉illustration：ヤマーダ
◉各定価：1320円(10%税込)
◉illustration：NAJI柳田
コミカライズも大好評!
【漫画】
1〜10巻(以下続刊)
◉各定価：748円(10%税込)
◉漫画：小早川ハルヨシ

この作品に対する皆様のご意見・ご感想をお待ちしております。
おハガキ・お手紙は以下の宛先にお送りください。

【宛先】
〒150-6008 東京都渋谷区恵比寿 4-20-3 恵比寿ｶﾞｰﾃﾞﾝﾌﾟﾚｲｽﾀﾜｰ 8F
（株）アルファポリス　書籍感想係

メールフォームでのご意見・ご感想は右のＱＲコードから、
あるいは以下のワードで検索をかけてください。

アルファポリス　書籍の感想　検索

ご感想はこちらから

本書はWebサイト「アルファポリス」（https://www.alphapolis.co.jp/）に投稿されたものを、改題・改稿のうえ、書籍化したものです。

異世界《いせかい》に射出《しゃしゅつ》された俺《おれ》、『大地《だいち》の力《ちから》』で快適森暮《かいてきもりぐ》らし始《はじ》めます！ 2

らもえ

2023年 11月30日初版発行

編集－小島正寛・仙波邦彦・宮坂剛
編集長－太田鉄平
発行者－梶本雄介
発行所－株式会社アルファポリス
〒150-6008 東京都渋谷区恵比寿4-20-3 恵比寿ｶﾞｰﾃﾞﾝﾌﾟﾚｲｽﾀﾜｰ8F
TEL 03-6277-1601（営業） 03-6277-1602（編集）
URL https://www.alphapolis.co.jp/
発売元－株式会社星雲社（共同出版社・流通責任出版社）
〒112-0005 東京都文京区水道1-3-30
TEL 03-3868-3275
装丁・本文イラスト－コダケ
装丁デザイン－AFTERGLOW
印刷－図書印刷株式会社

価格はカバーに表示されてあります。
落丁乱丁の場合はアルファポリスまでご連絡ください。
送料は小社負担でお取り替えします。

ISBN 978-4-434-32941-8 C0093